一個人思考
個人閱讀

# 影迷

華克波西 著
劉霽 譯

目次

IN

GRATITUDE

TO

W. A. P.

本書內容皆出自想像。除了電影明星，所有人物、事件皆爲虛構，與真實人物完全無涉。書中提到電影明星時，所指涉並非演員本人，而是其投射在銀幕上的形象。紐奧良和灣岸的地理如今有些微改變。至於「費利西安納郡」，現在有東費利西安納和西費利西安納，但我對兩地皆一無所知。

……絕望的特質正是：絲毫不覺正陷於絕望之中。

齊克果

《至死方休之疾》

# 第一章

# 1

今早接到姑媽的便箋邀我共進午餐，我猜得出是爲什麼。因爲我固定每週日會去和她共進晚餐，而今天是週三，這只代表了一件事：她又要來番促膝長談了，內容將會極端嚴肅，不是關於她繼女凱特的壞消息，就是和我有關。關於我的未來和我該做的事。這足以讓任何人提心吊膽，但老實說我並不全然覺得有那麼不快。

我還記得我哥史考特死於肺炎那時候，我八歲，姑媽負責照料我，並帶我到醫院後頭散步。那是條很有趣的街。一邊是醫院的發電機、通風口和焚化爐，全都轟隆隆吐著熱氣；另一邊則是成排的黑人房舍，孩子、老人和狗坐在門廊上望著我們。我很高興注意到艾蜜莉姑媽似乎有大把時間，願意談任何我想談的話題。這的確有些不尋常。我們比肩漫步，「傑克，」她摟著我並朝黑人微笑，「你和我一直是好朋友，對吧？」「是的，姑媽」我的心猛然跳動了一下，脖子後面像狗一樣發癢。「我有壞消息要告訴你。」她前所未有地緊緊摟著我，「史考特死了，現在全看你了。這對你來說肯定不好受，但我知道你會表現得像個戰士。」這話沒錯，我可以很輕易地表現得像個戰士，我要做的就只有如此嗎？

這讓我回想起上個月到龐夏棠湖區看的一部電影，和琳達一起去郊區新市鎮一間電影院看的。顯然有人估計錯誤，該市鎮已經停止成長，漆成粉紅色的方形戲院兀自矗立在荒野中。強風吹起浪濤撲向堤防，即使在戲院中也能聽到那拍擊聲。電影是關於一個男人在意外中喪失記憶，最終失去了一切：他的家庭、他的朋友、他的錢。他發現自己是一個陌生人，身處一個陌生的城市。他得在這裡重新開始，尋找新的地方棲身，以及新的工作、新的女孩。這原本該是個悲劇，他失去了那麼多，似乎也承受了極大的痛苦。但換個角度想，事情其實也沒那麼糟。他很快就找到別具一格的居所，是間河上的船屋；一位標緻的女孩，她是當地的圖書館員。

電影結束後我和琳達站在戲院入口處跟經理聊天，或者該說是聽他吐苦水。電影院空蕩蕩，對我來說很舒服，但對他來說可不然。那是個美好的夜晚，我心情愉快。頭頂是我見過最黝黑的夜空，暗風將湖水推向我們，波波浪潮越過堤防灑在街道上。經理得用吼的才能讓人聽見，而他頭上的擴音器斷斷續續傳來失憶者和圖書館員的對話。那段情節是他們正在翻閱舊報紙，尋找關於身份的線索（他對意外有模糊的記憶）。琳達不高興地站在一旁。她的不悅和我的愉快原因相同，因為我們身在荒郊野外的一間鄉下戲院，而且沒有車（我有輛車，但我寧願搭巴士和電車）。她對快樂的概念是開車到市區，並在羅斯福飯店的藍廳用餐。有時我會勉為其難配合，不過也還算值得。那種時候琳達會變得興高采烈，就像現在的我一樣。她會雙眼泛光，嘴唇濕潤。當我們跳舞時，修長的美腿會在我腿邊輕拂。那時候她真的愛我，並不只是為了回報我帶她到藍廳。她愛我，因為她在這浪漫的地方感到雀躍，而不是在荒郊野外的電影院。

但這一切都是歷史了。琳達已經和我分道揚鑣。我有了新秘書，一位名叫莎朗金凱的女孩。

過去四年，我一直太平地住在香緹利，紐奧良一個中產階級住宅區。除了露台上的香蕉樹和華格林藥房的鐵製字體，沒有人會猜到這是紐奧良的一部份。大多數房子不是老式的加州平房，就是新式的戴托納小屋。但這正是我喜歡的地方，我受不了法國區舊世界的氛圍，或是花園區的附庸風雅。我在法國區住過兩年，但最終我厭倦了波本街上笑吟吟的伯明罕商人，及皇家街上的同性戀和古董鑑賞家。我姑父和姑母住在花園區一間優美的宅院裡，而且對我照顧有加。可是每當我試著在那裡居住，先是發現自己會滿腔無名火，對各種事情都看不順眼；接著陷入憂鬱，木棍般僵直地躺上好幾個小時，直盯著我臥房天花板的石膏雕花。

香緹利的生活非常平靜。我負責管理姑父的證券經紀公司其中一間小分行。住在一間平房的地下室，屋主是謝克斯奈德太太，消防員丈夫過世讓她成了寡婦。我是模範房客和模範公民，樂於符合所有期望，皮夾裡放滿身分證件、借書證、信用卡。去年我買了一個淡綠色保險櫃，非常平滑厚重，有雙層防火牆，裡面放了出生證明、大學文憑、榮譽退伍證、退役軍人保險、幾張股票、和我繼承的遺產：聖伯納郡一個佔地十英畝，已荒廢的獵鴨俱樂部的地契。這是我父親眾多愛好中唯一的遺跡。執行公民職責是種樂趣，還能收到寫有名字的收據或塑膠卡片作爲回報，標明著一個人存在的權利。當我頭一天去檢驗並拿到汽車行照時，是多麼心滿意足啊！我訂閱了《消費者報告》，結果因此擁有一組高級電視、幾乎靜音的空調、及效果非常持久的除臭劑，讓我的腋下從不難聞。我對電台節目中插播的宣導都很關注，像是精神健康、癌症的七個徵兆、安全駕駛的規範等等（儘管我說過平常喜歡搭公車）。昨天我最愛的一名演員威廉荷頓（William Holden）在電台上宣導檢舉亂丟垃圾的人。「面對現實，」荷頓說，「別指望他人，一切都要由你我做起。」這話沒錯，聽完以後我就一直眼觀四面。

晚上我多半在家看電視或去看電影，週末則常在墨西哥灣海邊度過。香緹利當地的電影院入口處有個永久的標語寫著：快樂在此只需些微花費。事實上我看電影時相當快樂，即便是一部糟糕的電影。其他人據我所知，珍惜的是生命中難忘的時刻：日出時登上巴森農神殿；夏夜在中央公園和寂寞的女孩相遇，並發展出甜美自然的關係，就像書上描寫的一樣。我也曾在中央公園遇過一個女孩，但並不怎麼值得回憶。我記憶深刻的是約翰韋恩（John Wayne）在《驛馬車》（Stagecoach）中，摔落塵土飛揚的道路上，在此同時還用卡賓槍解決了三個人；以及《黑獄亡魂》（The Third Man）中，小貓在門口發現奧森威爾斯（Orson Welles）那一幕。

這些夜晚和週末的出遊，同行的多半是我的秘書。我有過三個秘書，分別名叫瑪西雅、琳達和現在的莎朗。二十年前，幾乎每個在香緹利出生的女孩都被取名爲瑪西雅。一年多之後，都取名琳達，然後是莎朗。最近幾年，我注意到史蒂芬妮這名字開始流行。我在香緹利的三個熟人都有女兒取名叫史蒂芬妮。昨晚我看了齣關於核子試爆的電視劇。基南溫（Keenan Wynn）扮演憂煩的物理學家，深受良心煎熬，在沙漠中獨自漫步，但看得出來在千頭萬緒中，他其實很享受這靈魂的探索。他會用痛苦的語氣問同僚：「我們有何權利做這種事？」「我想到四歲的女兒，」他跟另一位同僚說，並拿出一張大頭照，「我們究竟在替她打造什麼樣的未來？」「你女兒叫什麼名字？」那同僚看著照片問道。「史蒂芬妮。」基南溫用沙啞的聲音回答。聽到名字讓我脖子後面一陣癢。二十年後，或許會有個年輕紅潤的史蒂芬妮在幫我打字。

我自然想宣稱征服了那些出色的女孩，也就是我的秘書。將她們一個接一個，像脫舊手套一樣剝光，但這不完全是事實。跟她們之間我想可以稱爲戀愛關係，至少一開始的確是戀愛。瑪西雅或琳達（但還不包括莎朗）會和我無憂無慮，歡天喜地沿著墨西哥灣海岸兜風，相擁躺在船島上一個人煙罕至的海灣，難以置信我們的好運，難以置信世上竟有如此至福。然而在瑪西雅和琳達的例子中，愛情在我以爲關係正邁向頂峰時嘎然而止。辦公室裡的空氣會因爲無聲的指責開始凝重，交換的任何字句或眼神背後都不免夾帶了千般意涵。夜晚無時無刻不在講電話，電話中多半充斥著長久的沉默，期間我絞盡腦汁想講點什麼，而在另一頭只能聽見呼吸和嘆息聲。當這些電話中長久的沉默來臨，就宣告了愛情的結束。不，那些不是征服，因爲到了最後，琳達和我彼此厭惡，都很高興能說再見。

我是個證券經紀人。家人對我選擇的職業多少有點失望。我曾想過讀法律或醫學，甚至純科學；我甚至還夢想過成就偉大事業。但要說爲何放棄雄心壯志，實在一言難盡。我過起所能想像最平凡的生活，缺乏過去那種渴望的生活；賣股票、債券和共同基金，跟每個人一樣五點下班；交個女友，或許有一天定下來，養一群小瑪西雅、小珊卓或小琳達。證券交易也不像你們想的那麼無趣，這樣的生活一點也不壞。

我和謝克斯奈德太太住在樂園道，這是馬瑞尼社區的一條主幹道。雖然從名稱看來，按規劃應是城內最雄偉的大道，但顯然出了差錯，現在只是連接河跟湖的一條不起眼的路線，沿途經過購物中心、雙層公寓、平房、小屋組成的街區。但這條路其實非常空曠寬廣，似乎真的像片園地般在天空下延展。謝克斯奈德太太家隔壁是間全新的學校。我有個習慣，夏天傍晚下班後會沖個澡，穿上衣褲，溜躂到無人的操場，坐在搖浪台上，一旁攤開《紐奧良時代破報》的電影版，另一旁是電話簿，腿上還放了張市區地圖。我做好決定，規劃好路線之後（常常是去些偏遠的社區，像是阿爾及爾或聖伯納），會趁著夕陽最後一抹金黃色餘暉，在校園裡散步，並欣賞校舍。所有東西都如此一塵不染：嵌在磚牆中的鋁製窗框在落日中閃耀，還有漂亮的水磨石地板，打造得像翅膀的桌子。門上用金屬線懸吊了一個簡單的鳥偶，我猜大概是某種聖靈。想到這些磚牆、玻璃和鋁都是從尋常的塵土中所提煉而來，就讓我對創造的奧妙感到讚嘆。不過，這無疑是某種金融上，而不是宗教上的情懷，因為我持有一些美國鋁業的股票。鋁製品感覺起來是多麼光滑素樸合宜啊！

但一切突然變了。我在香緹利平靜的存在變得複雜。今天早上，多年來首次，我意識到追尋的可能。我夢到戰爭，不，不是夢到，而是醒來時口中有戰爭的味道，一九五一年以及亞洲那噁心的味道。我還記得第一次有「追尋」這個念頭時，剛在一個叢林中恢復意識。所有事物都上下顛倒。不只是周遭所見，而是一般人認爲最美好的時光，對我來說也成了最不堪的；而最不堪的成了最美好的。我的肩膀並不痛，但被狠狠壓在地上，好像有人坐在上面。鼻前六吋有隻糞金龜在樹葉下扒挖。我看著牠，同時心中湧起一股無盡的好奇。我心中有股慾求，發誓若能脫離這險境，就會開始追尋。當然，等我一痊癒回到家，就把這些全忘了。但今天早上起床時，我如常著裝，如常把隨身物品放入口袋：有皮夾、筆記本（用來記下偶得的想法）、鉛筆、鑰匙、手帕、口袋型計算尺（計算投資報酬率）。這些東西看起來既陌生，同時又充滿線索。我站在房間中央，透過拇指和食指圈成的洞，仔細觀察這一小堆物品。讓我感到陌生的是我看得見它們。這些東西也可能屬於其他人。一個人可能看著這些東西放在櫃子上三十年，卻從來沒真正看見，那些就像他的雙手一樣不起眼。然而一旦看見了，追尋開始變得可能。我洗了澡，刮了鬍，小心穿衣，然後坐在桌前翻弄那一小堆物品尋找線索，就像電視上的警探用筆撥弄著死者的遺物。

追尋的念頭再次浮現時，我正搭香緹利的公車沿樂園道前往姑媽家。事實上我不喜歡汽車，每當我開車，都有種變成透明的感覺。路上的人們看不見你，他們光瞪著你的後保險桿直到它讓路。樂園道並不是去我姑媽家最短的路線，但我途經法國區自有道理。今早在報紙上讀到，威廉荷頓正在紐奧良，要到達姆廣場拍幾個鏡頭，去看他一眼應該會很有趣。

這是個陰鬱的三月天。謝夫夢特的沼澤地還在燃燒，香緹利的天空成了灰燼的顏色。公車上擠滿購物者，幾乎全是女人。車窗為霧氣籠罩，我坐在前方的縱向坐椅，身旁坐的、前方站的，都是女人。車後方的長椅上坐了五名黑人女子，她們的黑讓巴士後半部似乎都黯淡了下來。就在我身旁，最前方第一張椅子上坐著一位很漂亮的女孩。她很高大，但並不會太過魁梧，從頭到腳都穿著塑膠製品，帽兒掛在身後露出一頭亮麗黑髮。微露的貝齒和飄散在前額中世紀王子式的瀏海，讓她美麗動人。她有灰色的眼珠，濃密的眉毛，結實的手臂，塑膠鞋上露出修長的小腿，是那種在紐約五十七街或達拉斯的尼曼馬庫斯百貨會看到的孤單女強人。我們的眼神交會。是我看錯還是她的嘴角真的微揚，唇瓣真的捲曲？她在對我微笑！我腦海中轉過各種計畫要阻止可恨的分離。毫無疑問她是德州人。這些美麗強悍的德州女人對男人的判斷力多半很差，大部分男人都害怕她們，所以一遇上某個小米奇魯尼（Mickey Rooney）就會讓她們難以自拔。在一個更美好的世界中，我應該能大方跟她說：來吧，美人兒，你看得出來我愛你，如果你還在計劃跟某個小米奇相遇，請考慮清楚。我不認識她，大概也不會再遇見她，這真是令人悲哀，我們可以有段多美好的時光啊！今天下午我們就可以沿著墨西哥灣兜風。我可以對她多麼溫柔體貼！如果是在一部電影裡，我只需要等待，巴士會迷路，或者城市會被轟炸，而她和我會一起照顧傷患。算了吧，我最好別再想她。

就是這時候興起了追尋的念頭。我完全沉浸其中，以致於有一分鐘左右忘了那女孩。

追尋的本質是什麼？你會問。

其實很簡單，至少對我這種人來說是如此。簡單到很容易被忽略。

每個人都有所追尋，只要他沒有深陷在日復一日的生活中。比方說，今天早上，我感覺自己在一個陌生的島嶼上醒來。而這種棄絕於世的感覺有何作用？就是讓人走遍生活周遭，不放過任何蛛絲馬跡。意識到追尋的可能就表示有所求，無所求就是絕望了。

電影就是種追尋，只是多半搞砸了，其追尋總是以絕望收場。電影喜歡拍一個人在陌生的地方甦醒，但結果他怎麼做？他跟當地圖書館員交往，開始跟當地孩童證明自己是個好人，放棄了復仇的打算。兩星期後，他就深陷日復一日的生活中，跟死了沒兩樣。

你在追尋什麼，上帝嗎？你微笑地問。

我不願回答，因爲關於上帝其他美國人全都有了定見，而這種答案就等於爲自己設立了一個所有人都已達到的目標，因此沒人會有絲毫興趣。誰會想在一億八千萬美國人中，最後一個死去？眾所周知，民意調查顯示百分之九十八的美國人相信上帝，剩下的百分之二是無神論者和不可知論者。沒有一個百分點是留給追尋者的。而我跟任何人一樣喜歡塡寫問卷調查，樂於給予所有問題睿智的答覆。

說真的，因爲害怕曝露自己的無知，我避免提及追尋的目標。首先，我連最簡單也最基本的問題都無法回答：我的追尋，是超前我的美國同胞百步，還是落後百步？也就是說，百分之九十八的美國人已經找到我所追尋的，還是他們深陷日復一日中，根本沒想過要追尋？

我發誓，我不知道答案。

公車登上了一個能眺望紐奧良的高架橋，我發現自己正皺眉凝視著一雙年輕高雅的小腿，被包覆在青銅色尼龍襪中。她無疑注意到我了，將雨衣拉緊並惱怒地瞪了我一眼。還是這全是我的想像？我得確定，所以我向她脫帽並微笑致意，表示我們還是可以做朋友。但沒有用，我永遠失去她了。她在嘈雜的塑膠摩擦聲中，斷然下車離去。

我在滿是烘焙咖啡和木餾油氣味的廣場大道下車，沿著皇家街而行。法國區下城是最棒的區域，陽台的鐵欄杆像腐朽的蕾絲一樣垂下，法式小屋隱藏在高牆之後，穿過繁忙的車道可以瞥見宛如叢林的庭院。

今天我很走運，前方半條街遠的海盜巷中走出來的不是別人，正是威廉荷頓！

荷頓穿過皇家街，轉向運河街。目前他還沒有引起注意。觀光客不是在瀏覽古董店櫥窗，就是在拍攝陽台。毫無疑問他正要去格拉特瓦餐廳吃午餐。他是個迷人的男子，有著標準的英俊面孔，全身曬得很漂亮，手插在口袋裡，雨衣搭在肩膀上走著。不久他越過一對年輕夫妻，現在那對夫妻擋在我跟他之間。此刻我們四個人同行，相距不超過二十呎。我花了兩秒打量那對男女，他們不過二十、二十一歲，正在度蜜月。不是南方人，大概來自東北部。男的穿了件手肘有皮補釘的夾克，煙管褲，髒白鞋，邁著北方大學生那種左搖右晃的航海步伐。兩個人都其貌不揚，男的有雙厚唇，修剪過的淡紅色頭髮，與之相配的膚色；女的長得則像老鼠。他們並不快樂，男的怕他們的蜜月太制式化，跟一般夫妻的蜜月沒兩樣。他可能認爲開車穿越雪南多亞河谷到紐奧良會很有趣，還能避開到尼加拉瓜瀑布和薩拉托加溫泉度蜜月的新婚夫妻。

現在離家一千五百哩遠，他們卻發現四周都是來自曼菲斯和芝加哥的夫婦。他很焦慮，感受到四面八方來的脅迫，經過的每一個陌生人都讓他感到難堪，每一個出入口都是種威脅。怎麼回事？他很納悶。女的也不快樂，但原因不同。因爲她知道他不快樂，卻不知道爲什麼。

現在他們認出荷頓了。女孩用手肘輕推伴侶，男孩把頭抬了一下，但看見荷頓對他沒什麼幫助，反而造成反效果。荷頓燦爛的現實性，對比自己黯淡且薄弱的存在，顯然讓他比往常更爲悲慘。他一定在想，真是好極了，跟在個電影明星後頭，我們乾脆去好萊塢追星算了。

荷頓拍打口袋想找火柴。他停在人行道上一些欣賞鐵製家具的女士身後。她們看來像海地斯堡的家庭主婦，來這裡花一整天購物。荷頓開口要火柴，婦女們搖頭然後認出了他，緊接著是一陣臉紅與騷動，但沒人能找出根火柴給他。現在那對夫妻跟上了。男的替荷頓點了火，對他的感謝微微點頭回禮，然後繼續前行，沒露出一絲認出他的樣子。荷頓夾在他們中間走了一陣子，和那男的簡短交談，抬頭望了望天空，搖了搖頭。荷頓輕輕拍拍兩人的肩膀，繼續往前走去。

那男的辦到了！他贏得了自身的存在，就跟荷頓一樣充分的存在，靠的就是不像海地斯堡那些婦女般手足無措。他跟荷頓一樣是個公民，並立世上的兩個男人。突然間世界向他敞開了，沒人能再從陽台和巷弄中對他造成威脅。他的女人也對他敞開了，他將手臂環繞在她脖子上，逗弄著她的頭。她也感覺到有所改變，不知道之前哪裡出了錯，也不知道怎麼修正的，但她知道現在一切美好。

荷頓走在路上時已經收斂起明星的光芒，卻仍有股更加濃厚的現實氛圍環繞在周遭，所有接近的人都能感受到。現在每個人都注意到他了，引起一陣旋風，觀光客、酒保、酒吧女都爭相跑到餐館門口觀看。

我對電影明星有興趣，但原因跟一般人不同，我並不想跟荷頓說話或者要他的簽名，而是他們獨特的現實氛圍讓我驚艷。那個洋基小子很清楚這點，儘管裝作蠻不在乎，但事實上他多麼渴望故作寫意地帶荷頓參加他的聚會啊。「威廉，跟你介紹一下這位是菲爾。菲爾，見過威廉荷頓。」他會這麼說，並用最誇張的航海步伐大搖大擺地漫步。

現在是午飯時間，運河街上有一列遊行隊伍經過，但沒人注意。現在離紐奧良嘉年華還有一星期，這則是新的遊行，是香緹利一個由女人組成的遊行隊所舉辦。遊行隊是一群人在嘉年華期間結合成的組織，負責舉辦遊行和舞會。任何人都能組織遊行隊。當然有些知名的遊行隊歷史悠久，像是科慕思、雷克斯和十二夜，但還有很多是名不見經傳的。前幾天阿爾及爾的一群敘利亞人就組織了一個叫伊希司的遊行隊。而今天這個一定是琳達的遊行隊，我答應過要來看她。紅色牽引機拖著花車前進，支架咯吱作響，紙和帆布不停抖動。我想，琳達應該是六個牧羊女其中一人。她們穿著短褶裙和帶子纏上小腿的古希臘式涼鞋，全都戴了面具，使我無法肯定。如果她在其中，那她的腿也沒多漂亮。這十二條腿全都起了雞皮疙瘩在打顫。幾個生意人駐足觀看這些女孩來打發時間。一陣暖風突然從南方襲來，捲起層疊烏雲，伴隨著遙遠的隆隆聲。今年的第一場雷雨來了。街上的景象很可觀，對面的人在烏雲密佈的天空下顯得渺小且陳舊，就像古老照片裡的行人。是我多心，還是真有股不安的雲霧、惶惑的氣息籠罩在街上？生意人匆忙趕回辦公室、購物的人回到車上、觀光客回到旅館。威廉荷頓啊，我們又需要你了。少了你，現實結構已經在分崩離析了。

神秘的氣氛越漸濃厚。我跟艾迪洛威爾站在街上聊了十分鐘，聊完握手道別後，我似乎連剛才發生些什麼事這種最簡單的問題，都無法回答。我聽著艾迪頭頭是道地一件接一件詳述：生意、他的老婆奈兒、他們正在重新裝潢的老房子。這些瑣事互相交織出一個明亮的現實結構，其中有投資、家庭計畫、漂亮的老房子、小型讀劇會之類的。讓我不禁想：這才是人生啊！我在香緹利的放逐是最糟的自我欺騙。

沒錯，瞧瞧他。說話的時候，手上捲起的報紙拍著褲管，眼睛看著我，同時還掃視著我身後的區域，任何細微的一舉一動都不放過。一輛綠色卡車從波本街轉進來，他的眼睛打量著它，招手攔下來，攀談了幾句，再揮手讓它離去。一個商人步出白屋百貨公司，他一眼就認出那是誰，甚至連要去做什麼都知道。在這期間，他滔滔不絕，嘴唇強壯地張闔，將字句咀嚼成討人喜歡的形狀，井然有序吐出。簡短從容的暫停期間，他的嘴唇會迷人地像查爾斯鮑爾（Charles Boyer）般噘起，些許唾液積聚在嘴角，就像良好機械上乾淨的油漬。他把口袋中的硬幣弄得叮噹作響。沒有什麼難以理解的！他就跟條獵犬一樣確實地看守著領地。他瞭解外界的每件事，而外界每件事也只待他去瞭解。

艾迪看著最後一輛花車，裝飾特異，上面還有支壓扁的豐饒羊角。

「希望我們不會那麼糟。」

「不會的。」

「你會參加海神遊行隊嗎？」

「不會。」

我把四個海神聯絡人的聯絡方式給了艾迪。外地客戶總是想湊熱鬧，通常是德州人，尤其是他們的老婆。艾迪爲此向我道謝，同時也爲了另一件事。

「我要感謝你介紹基耶先生給我，真的感激不盡。」

「誰？」

「基耶老先生。」

「喔，我想起來了。」艾迪故弄玄虛地一言不發，雙眼深處隱隱閃爍。「別告訴我……」

艾迪點頭。

「他已經將財產信託，然後去世了？」

艾迪點頭，依然不發一語。他謹慎地看著我，隱忍著等我明白過來。

「用基耶太太的名字？」

再次點頭，他打開了話匣子。

「多少？」

同樣雀躍的表情，幾乎要惹人生厭了。「接近九十五萬。」他彎著舌頭要舔臉頰凹陷處。

「這老頭人真好。」我心不在焉地說，注意到艾迪變得跟個主教般嚴肅。

「賓克斯，我跟你說，我覺得能認識他是莫大的榮幸。我認識的人中，不管年輕或年長，沒有一個比他知識更豐富。他跟我講糖結晶化的歷史就講了兩小時，根本是傳奇故事。我聽得如痴如醉。」

艾迪說著有多敬佩我的姑媽和表妹凱特。幾年前凱特本來要和艾迪的兄弟萊爾結婚。就在婚禮前夕，萊爾死於意外，而凱特倖存。現在艾迪來到我面前，他棉絮般的頭髮在風中飛揚。「我從沒跟人說過我對那女人真正的感覺，」艾迪特意用「女人」這字眼，好平衡接下來的恭維。「我關心艾蜜莉夫人，以及凱特，遠超過世上任何人，除了我媽，還有我老婆以外。那女人做了那麼多好事。」

「那敢情好，艾迪。」

他咕噥著什麼凱特有多漂亮，僅次於奈兒等等。這倒讓我訝異，因爲我表姐奈兒洛威爾是個有張馬臉的平庸老女人。「能請你代我向她們致意嗎？」

「當然了。」

遊行隊伍已經消失，只剩下陣陣鼓聲。

「最近在忙什麼?」艾迪用報紙拍著褲管問道。

「沒什麼。」我說，發現艾迪沒有在聽。

「來看看我們吧，老弟。我要讓你瞧瞧奈兒的裝潢成果。」奈兒很有品味。他們倆老是在買落魄社區的小屋，臥室裝上百葉窗簾，廚房加上木製百葉推門，後院砌上紅磚，擺個鐵製水盆，幾個月後再高價出售。

雲層轉爲藍色並朝我們壓來，此時街上似乎成了封閉空間，建築的磚牆反射出昏黃的光線。我看了看手錶，一點在我姑媽家不算晚。艾迪即刻伸出手。

「替我向新郎和新娘致意。」

「我會的。」

「華特是個很不錯的人。」

「的確。」

放我走之前，艾迪靠近了一步，用特殊的音調問起凱特。

「她現在似乎沒什麼大礙，很快樂，很有安全感。」

「那太好了，老弟!」最後再來個大幅度地熱情握手。「要來看我們喔!」

「我會的。」

# 2

莫瑟替我開的門。「瞧瞧誰來了喲！」他邊靈巧地後退，邊還故作驚訝。今天沒喊：「傑克少爺。」我知道他故意省略不說，這是小心衡量過輕重的結果。明天或許天平會傾向另一邊（今天的不敬也要納入考量），他就會喊：「傑克少爺。」

因為某種原因，今天可能比平常更能見到莫瑟的本性，通常他嚴守主僕分際時不會顯露。艾蜜莉姑媽帶他來紐奧良之前，他在費利西安納郡替我祖父做事。他對我們理當忠心耿耿，而我們對他也該如此，但實際上莫瑟跟我之間完全沒有忠誠可言。我在莫瑟身邊老是心神不寧，擔心他在卑躬屈膝和放肆狂妄之間擺盪，總有天會失分寸。是我在伺候莫瑟，不是他伺候我。

「沒人跟我說你要來，」莫瑟高聲說，感覺天平不傾向我這邊。「我正要生火。」

莫瑟是個胸膛厚實的淺棕色黑人，剃個光頭，留了撮阿道夫曼久（Adolph Menjou）式的高雅八字鬍。而我注意到，鬍子之下的面孔並不忠厚老實，而是像火車挑夫一樣的陰沉。姑媽從費利西安納把他帶來，但他跟那時相比已經改變了很多。現在不只是城市人，還是卡特洛夫人的管家，掌管一個成員變動頻繁的家族，其中有紐奧良女黑人、牙買加人，最近還有宏都拉斯人。他意識到自己的地位，說話聲調也開始裝腔作勢起來。

儘管外頭陰鬱，客廳還是很明亮，但並不舒適。窗戶開到了頂，灰色的天空一湧而進。

莫瑟把煤加到點燃的火種上。他的白色外套硬挺得像盔甲，不斷嘎吱作響，並在後頸留下壓痕。他小心地添煤，手緩慢而不為所動地穿過火燄。頭向後仰，用嘴大口吸氣，添煤時屏住呼吸，再從牙縫間嘶嘶吐氣。

我們好像回到了費利西安納，這就是二十年前費利西安納冬日早晨的聲音。冰冷黑暗的黎明就在煤桶碰撞聲和莫瑟如鯁在喉的呼吸聲中展開。

這是個漂亮的房間，理當也是個令人愉快的房間，有滿牆的書，布哈拉地毯像寶石一樣閃耀，還有發黑的肖像畫。吊燈的水晶在火光中閃爍著紅色，緞木桌上四散著各式月刊和廉價週刊，還有一如往常，大對開本的《佛陀的一生》。我姑媽喜歡說自己情感上是聖公會教徒，本質上是希臘人，自主意識上是佛教徒。

莫瑟在跟我說話。

「……但他們依然缺乏工廠，和我們那個……呃……生產設備。」

原來莫瑟想談時事。我很樂意，雖然我確信他比我更清楚這些議題。他既不面對我，也不面對爐火，而是面向我跟爐火之間。拿著煤桶，一隻腳伸向門口，但既不是要留，也不是要走。

莫瑟近幾年越來越難以捉摸，很難說他到底是個什麼樣的人。我姑媽真心喜愛他，視爲忠僕，活生生地聯繫了一個已然逝去的年代。她宣揚著莫瑟對威爾斯醫師有多忠心，在他過世後徘徊數日，臉上滿佈淚水。這我毫不懷疑，然而我確知莫瑟瞞著姑媽固定向雇工和店家索回扣，但你不能宣稱他是小偷，然後就大人不記小人過。莫瑟是有抱負的人。他怎麼看待自己？有時自我意識清晰，視自己爲一個了不起的人，對科學和政治見多識廣。這就是爲何我跟他講話總是不自在，我厭惡他時不時對自我感到茫然，這時他既不視自己爲老僕，也不自認是時事專家。接著他的眼睛會蒙上陰影，五官在鬍髭後面糾結。去年聖誕節，我到他在車庫的房間找他。他不在，但床上躺了本翻到爛的薔薇十字會書籍，書名是《如何駕馭你神祕的力量》。可憐的傢伙。

莫瑟論起時事，我走近壁爐。壁爐上有多張卡特洛一家所謂「大滿貫」那年的相片。朱勒姑父是雷克斯遊行隊的成員，凱特當選海神遊行隊的皇后，艾蜜莉姑媽則因爲居家照護上的貢獻獲破報頒獎。每個人都說凱特是個美麗的皇后，其實不然。每當凱特燙起波浪捲，穿上晚禮服，便顯得乏善可陳。相片上的臉就跟布丁一樣單調。

有一張照片我永遠看不膩。我看著壁爐上這張照片十年了，努力想去理解。我把照片拿下來，迎著逐漸暗淡的天光。照片上是威爾斯醫師和安西法官兩兄弟，彼此手搭著肩，我父親在他們前方。三個人站在一條登山步道上，背景是片陰暗森林，那是德國黑森林。第一次世界大戰幾年後，他們僅此一次相伴暢遊歐洲大陸。只有艾力克斯波林缺席，他在另一張相片中，是名英氣逼人的年輕人，有張一次大戰士兵照中常見，詩人魯伯特布魯克（Rupert Brooke）式的高貴臉龐。他早五年死於阿爾岡，被認為死得其所，因為之前一位名為艾力克斯波林的祖先是在南北戰爭中，跟羅勃道克斯威特一起戰死於一八六二年的甘尼斯米爾之役。我父親穿了件某個兄弟會的外套，戴著硬頂草帽。他看上去跟另外兩兄弟不同。艾力克斯也比那兩兄弟年輕許多，但看上去仍是其中一份子，而我父親則不然，很難解釋為什麼。波林家的長輩，還有艾力克斯，他們都很安分守己。每個人都怡然自得，就跟照片中的松樹一樣。安西法官有著髯髯鬍鬚跟瘦削臉頰，個性嚴峻冷酷，他曾公開稱路易斯安那州州長為狗娘養的啄木鳥，到現在仍令人難忘。威爾斯醫師頭如雄獅，是個帶草莽氣息的天才，發明了目前仍沿用的腸接合手術。而艾力克斯則安詳地沉浸在他年少的夢和未來的壯烈犧牲中。然而我父親跟他們格格不入。他雙腳敞開，手臂扣著背後的登山杖，草帽後推露出了前額，雙眼閃爍著一種我無法辨識的表情，長輩們很可能會稱之為自以為是。他渾圓的腦袋配上獨特的領襟，看上去的確可說是一表人才。但怎麼說他仍是他們的一份子。一九四零年，他被派到加拿大皇家空軍服役，結果在自己的國家參戰前就陣亡。死在克里特島，暗紅色的海中，同樣死在德佬手裡，口袋中還有本《舒洛普郡少年》（A Shropshire Lad）詩集。我再次審視那雙眼睛，模糊的橢圓形之中有一兩個亮點，無疑帶著冷冷的嘲弄。

「你說呢，傑克少爺？」莫瑟問道。仍是要走不走，一腳朝向爐火，另一腳作勢要走。

「我同意，單方面的裁軍會是場災難。」

「胡說八道。」我姑媽笑著走進來，歪著頭，敞開雙臂。我如釋重負吹著口哨，感覺自己愉快地露出了微笑，等待她獨特的人身攻擊，既是開玩笑，但也有部分屬實。她罵我忘恩負義，是撒旦的使者，一支高貴血統中最不成材的末代後裔。好笑的是這的確不假。一瞬間，我忘卻了所有事，在香緹利的年月，甚至我的追尋。一如往常我們重修舊好，我畢竟還是屬於這裡。

姑媽對我付出了很多。父親遇害時，身為專業護士的母親要回她在比洛克西的醫院，姑媽自願資助我就學，因此過去十五年多半在她家度過。她其實是我的姑婆，但比她的兄長們年輕許多，都可以做我父親的妹妹了。或者該說她是三個兄長共同的女兒，因為在她的記憶中，她仍是最受寵愛的心肝寶貝，一群暴躁莽夫中唯一討人喜歡的女性。也因為如此，即便在叛逆期，也沒有人真正嚴肅地看待她。她那時離開了南方，到芝加哥的社會福利中心工作，跟許多出身良好的南方女性一樣擁抱進步的政治思想。於此之前，在兄長的寵溺甚至期望下，她當了多年的「可人兒」。加入紅十字會當志工，並參與西班牙內戰時，她的職業生涯達到高峰。接著不到六個月的時間，她就跟朱勒卡特洛，一個有小孩的鰥夫，從相識到結婚，定居花園區，變得跟她的兄長們一樣獨當一面，不再是「可人兒」了。隨著傑出的兄長們一一過世，她現在似乎終於可以擺脫他們的攔阻，以及身為女人的限制，在外表和想法上都變得英氣勃勃。她有一頭青絲，敏銳的臉，和嚴厲的灰眼珠，六十五歲了依然像個年輕的王子。

正如我所料，我們馬上離開客廳，穿過走廊進了她的辦公室，這是她每次傳喚我來說教的地方。有一點可以確定，這次是關於凱特的壞消息。如果跟我有關，姑媽就不會盯著我看，她會盯著那張舊桌子蜂窩狀的凹陷處，手指貼在嘴唇上。但她沒這麼做，反而拿出一樣東西要我看，並觀察著我臉上的反應。在她的注視下很難看清任何東西，眼前彷彿籠罩著薄霧。在我們之間是一箱沾滿灰塵的酒瓶。酒瓶？沒錯，的確是酒瓶，然而我眨著眼睛無法肯定。

「看到這些威士忌酒瓶了嗎？」

「看到了，姑媽。」

「還有這個。」她遞給我一個橢圓形棕色瓶子。

「噢。」

「你知道這些從哪來的嗎？」

「不知道。」

「莫瑟在一個衣櫃上找到的。那個衣櫃。」她故弄玄虛地朝頭頂的天花板指了指，「他當時在擺老鼠藥。」

「在凱特房間？」

「對，你怎麼看？」

「那些不是威士忌酒瓶。」

「那是什麼？」

「葡萄酒，吉普賽玫瑰紅，他們的瓶子是像這樣平的。」

「讀出來。」她朝我手中的瓶子點了點頭。

「巴比妥酸鹽，一點五哩。這是批發商的瓶子。」

「知道我們在哪裡找到的嗎？」

「箱子裡？」

「焚化爐裡。這星期的第二個了。」

我沉默不語，姑媽終於在桌前坐了下來。

「我還沒跟華特或是朱勒講，因爲我並不是真的擔心。凱特很好，她會順利熬過去，快樂地和華特在一起。但隨著時間逐漸逼近，她變得有點緊張。」

「你認爲她害怕會再次發生意外？」

「她在害怕會有大禍臨頭，但我擔心的不是這個。」

「你擔心什麼？」

「我不希望她又整天在屋子裡閒蕩。」

「她沒跟你到市區工作？」

「兩週沒去了。」

「她不舒服嗎？」

「喔，不是那樣，她只是有點害怕。」

「她有去看明克醫生嗎？」

「她拒絕，她認爲去看醫生就會生病。」

「你要我怎麼做？」

「她不去參加舞會。這無所謂，但重要的是別讓她到最後越來越難跟人來往。」

「她誰都不見嗎？」

「除了華特外都不見。我要你做的只是帶她到勒基爾家的門廊看遊行。這不是派對，可以自由來去，不用防備什麼。你們就過去拜訪，說不說話都行，然後走人。」

「她情況這麼糟？」

「她並不糟，照顧好就不會有事。」

「華特呢？」

「他是遊行隊的隊長，不可能抽身。說老實話，我很高興他沒空。你知道我真正想要你做什麼嗎？」

「做什麼？」

「我要你做那些你拋棄我們之前做的事，渾小子。跟她打打鬧鬧，嘻嘻哈哈，那孩子連笑都不笑。你跟凱特一直處得很好，對吧？山姆也是。你知道山姆星期天會來這裡演講嗎？」

「知道。」

「我希望山姆跟凱特談談。只有你跟山姆說的話她才會聽。」

姑媽對我很寬厚，她的意思其實是，她相信山姆能把事情搞定，只希望我能在他來之前守好陣地。

# 3

午餐時看見朱勒姑父令人意外。去年秋天他才遭受一次嚴重的心臟病發，不過已經完全康復，聖誕節後連午睡都省了。他坐在凱特跟華特之間，一派怡然自得，連凱特都不禁露出笑容。很難相信她有什麼不對勁，那些瓶子更顯得荒誕。朱勒姑父很高興見到我。去年我發現了自己一項獨特的天賦：賺錢的本事。我在朱勒姑父的背書下賣出了大筆股票，他還堅信我預測到了一月的股市大跌，甚至宣稱在我的提示下小賺了幾筆。他很以此爲樂，碰到我就猛使眼色，好像我們是不法同謀，隨時都會被逮捕。

他跟華特在談美式足球。朱勒姑父的雄心壯志就是要再現杜蘭大學足球隊的榮光。我喜歡這話題，因爲我自己也喜歡足球，尤其愛聽朱勒姑父侃侃而談傑瑞戴倫普、唐齊瑪曼、比利班克的輝煌年代。當他描述一九三二年對上路易斯安那州大，最後球門線前的攻防時，簡直像在講述亞瑟王屹立於血紅色夕陽下，對抗莫德雷爵士和其叛軍的故事。華特曾是球隊的經理，所以他和朱勒姑父非常臭味相投。

朱勒姑父是我所認識最討喜的人。克里奧爾人*的馬臉上留著平頭，粗灰色的頭髮修剪得跟大學男生一樣短。襯衫極爲合身地包覆在身上，連我都感覺舒服。我的襯衫總是有地方不對勁，不是領子太緊，就是

＊路易斯安那州出生的法國或西班牙後裔

腰身太鬆。朱勒姑父的領子就跟膠帶一樣伏貼在深色脖子上；袖口像摺疊整齊的餐巾，恰到好處地從上衣袖子中探出頭；襯衫正面常讓我不時有股衝動，想將臉埋進那雪白寬闊、柔軟密緻的棉布之中。朱勒姑父是我認識唯一在這世上無往不利的人。他賺了大把鈔票，交遊廣闊，曾加入狂歡節的遊行隊，在心胸和金錢上都很慷慨大方。他是模範天主教徒，不過很難理解何必要自找麻煩，畢竟他所生活的這人世已如此美好，天國為他保留的福分想必也不多。我純粹從他的角度觀看世界，可以明白他為何熱愛且安於這個小世界。這是個友善閒適的地方，有古老世界的魅力，以及新世紀的商業手段，親切的白人和無憂的黑人彼此以禮相待。他的臉上從沒有一絲陰影，除非有人提起去年杜蘭大學對路易斯安那州大那場比賽。

我提起剛碰到了艾迪洛威爾，並代他致意。

「可憐的艾迪。」姑媽照例嘆了口氣，也照例加了句：「正直的美德被如此糟蹋實在悲哀。」

「她又去納切斯了嗎？」朱勒姑父問道，擺出一副滑稽的嘴臉。

華特韋德豎起一隻耳朵仔細聽著，他還沒掌握波林家掐頭去尾的說話方式。「她」是指艾迪的妹妹迪迪，「去納切斯」則是指她的一次越軌行為。幾年前，迪迪跟第一任丈夫還在一起時，據說曾跟幾對夫妻一同參加納切斯文化節，並且「交換夫妻」。

「沒錯，」姑媽一臉嚴肅地說，「去了好幾次。」

「文化節不是四月才開始嗎？」華特露出謹慎的微笑說道。

凱特手放在膝上皺著眉。今天凱特眼神黯淡。有時候她的瞳孔會變得平板無神。我記得有一次姑媽要求我去跟凱特「談談」，那時凱特十歲，我十五歲，而姑媽開始對她感到擔心。凱特很乖，成績也好，但是沒有朋友。下課休息時她不是去玩，而是做功課或安靜地待在位子上直到上課。我揣摩姑媽的意思，編了套冠冕堂皇的說詞，用她那蘇格拉底式的口吻說：「凱特，你以爲你是世界上唯一害羞的人，相信我，你並不是。讓我告訴你發生在我身上的一個例子……」之類的話。但凱特只是用同樣平板黯淡的眼神望著我。

莫瑟分發著玉米棒，每個動作都屏住呼吸，再隨著低沉聲響大口吐氣。

華特和朱勒姑父試著說服我參加海神遊行隊，姑媽則嫌惡地看著我。儘管常開嘉年華遊行隊的玩笑，但她對遊行隊其實敬重有加，因爲這些組織在生意上和社交生活上都大有助益。她擺出了招牌姿勢，用三根指頭撐著太陽穴。

「這個頹廢放蕩的傢伙，」她一如往常地說，但說得心不在焉，凱特佔據了她的思緒。「喝酒喝到越來越遲頓了。」

「哈爾，吾有今天，皆拜汝所賜*。」我也一如往常邊喝著湯邊說道。

凱特機械式地吃著，並像個身在自助餐廳的人一樣茫然凝視著屋內。華特現在自信滿滿，眼中閃著俗

* 諧仿莎士比亞《亨利四世》中的語句

艷的光芒。

「我認爲不該讓他參加，你說對吧，卡特洛夫人？我們在這裡拼命節省開支，他卻像當舖老闆一樣在計算抽成。」

姑媽進一步沉浸在她優雅的姿勢中。

「現在你眼前有兩位傑出的對象。」她跟凱特說，並仔細地觀察她。凱特對我們視若無睹。「野蠻人入侵，誰來捍衛西方文明？西班牙英雄唐胡安嗎？不是，是證券交易員波林先生和律師韋德先生。波林先生和韋德先生是信仰的捍衛者、智慧的代表、正義的典範。我可不會介意他們偶爾縱情酒色，瞧瞧他們，《哈姆雷特》的羅森克蘭茲和紀爾頓斯丹。」

我又回想起華特在大學時是多麼令人望而生畏，比實際年齡老成許多。他一副病厭厭的樣子，太陽穴凹陷，但其實相當健康。有鯊魚般的灰色皮膚，瞇瞇眼，一撮頭髮如麥克阿瑟般掠過前額。出身西維吉尼亞州的克拉克斯堡，來杜蘭大學就讀，並在戰後定居紐奧良。現年三十三歲，已經是一間新律師事務所的資深合夥人：專攻石油租賃法的「韋德與莫利紐事務所」。

「韋德先生，你是智慧的代表嗎？」姑媽問華特。

「是的，卡特洛夫人。」

我不禁微笑。有趣的是華特總是擺出年輕聰明律師該有的風度，去迎合一位老太太，讓她佔便宜，而姑媽則毫不會客氣，西維吉尼亞州的老太太就絕不會這樣。不過奇怪地，姑媽直盯著凱特，卻忽略了風雨欲來的前兆。凱特垂下頭直到棕色的短髮落在臉頰邊。華特雙眼警戒地越睜越大，笑容越來越不自然，看來就像個正通過地雷區的新兵。突然，凱特齒間發出一聲輕響，離開了餐廳。

華特跟著她離開，姑媽嘆了口氣，朱勒姑父自在地坐著。他有種天賦，對家中不會出什麼大問題深信不疑。家道有起有伏，而他都能一笑置之，毫無一絲不安。即使是凱特崩潰的時候，他也能接受那只是單純的不幸事故，降臨在一個敏感的女孩身上。他對艾蜜莉充滿信心，只要她是家裡的女主人，再怎麼糟糕的事，就算是死亡，都不過是必有的波瀾。

不一會兒，朱勒姑父起身前往辦公室，姑媽在走廊上跟華特說話，我獨自坐在空蕩蕩的餐廳裡什麼也不想。華特隨後回來跟我共進甜點。飯後莫瑟清理餐桌時，華特走到窗前，看著窗外，手插在口袋裡。我正打算勸他別擔心凱特，然而他心裡掛念的原來不是凱特，而是海神遊行隊。

「我希望你能重新考慮，賓克斯。」延續著跟朱勒姑父談天時的愉快口吻，「我們現在有了一批好伙伴。」十年前他會說「好樣的」，這是一九四零年代形容能手的說法。「你也許不同意，但我認爲這是嘉年華中最多才多藝的遊行隊。我們不是暴發戶，也不只是群老古板，而且……」他想到朱勒姑父趕緊補充道：「我們年長的成員都來自紐奧良最富裕知名的十大家族。」華特從不說「有錢」，而「富裕」這個詞由他口中說出，也的確有活色生香的生活氣息，讓人想起用「自由」這明亮的絲線交織而成，觸感厚實的織錦。「你一定會喜歡的，傑克，我說真的，肯定會。我可以向你保證，每一個成員都會歡迎你回來。」

「我很感激，華特。」

華特的穿著還是跟大學時一樣得體，站著、坐著、放鬆時都保持相同的優雅。他仍然不論冬夏都穿著厚襪，遮掩青筋滿佈的纖細腳踝；也依然叉著腿好讓小腿看起來胖一點。大學時，他是那種讓新生崇拜不已的學長：不需拼命苦讀就是模範生，不用汲汲營營就是校園領袖。但最重要的，他是引領風潮者。兄弟會成員看到他帶著帽子，翹著膝蓋坐在會所裡，那模樣就成了一時流行。帽子還得是種特殊的棕色窄緣氈帽，帽尖捏成三角形，還得被撥弄到破損才算合格。他喜歡替新成員取綽號。有一年他喜歡用「頭」取名字。他讓新生列隊，自己翹起膝蓋坐著，用拇指推了推帽子：「那邊那個，我看你像是『藥頭』；說話那個，你是『話頭』；你是『肉頭』；你是『床頭』；你是『針頭』。」我加入兄弟會的頭一年，無時無刻不想用些尖酸刻薄的俏皮話來博得他的青睞，好藉此獲准進入他的小圈子，兄弟會中的兄弟會。當點到最後一位新生時，那是一個來自門羅郡的男孩，額頭凸起，雙眼低垂；他遲疑著：「你就叫……」我於是脫口而出：「你是鯨頭。」華特揚了揚眉，微笑著向他那一夥同伴們點了點頭。我就此成爲其中一員。

跟他爲伍既是種榮幸，也是種壓力，因爲得隨時跟他一同行走在鋼索上；要能尖酸但不失可親、嘲諷但不失討喜、漫不經心但不失某種格調，在男人跟女人中都同樣受歡迎。然而不管壓力與否，我很樂於作他的朋友。有天晚上我陪他走回家，他剛獲頒金羊毛獎，他的畢業紀念冊照片下有連串功勳，而這不過是最後一點錦上添花。「賓克斯，」他終於去掉了那尖酸刻薄的說話方式，對著我說，「告訴你一個秘密，信不信隨你。剛才那些玩意兒，對我而言一點意義都沒有。」「什麼才有意義，華特？」他停下腳步，我們回望燈火閃爍的校園，好像全世界的城鎮都散佈在我們眼前。「重點是，賓克斯，要謙虛爲懷，要拿到金羊毛同時保持謙虛。」我們都深吸了一口氣，默默走回三角兄弟會所。

還是大一新生的時候，加入個好兄弟會對我來說至關重要。但要是沒有兄弟會邀請我加入怎麼辦？迎新週的時候，我被邀請到三角兄弟會所，讓弟兄們檢視。另一個候選人是來自巴斯羅普的「呆頭」波伊蘭貝斯，我們一起坐在張皮沙發上，手扶著膝蓋，其他弟兄把我們當處女般獻殷勤，同時也把我們當小母牛般細細審視。一會兒後，華特向我招手，我跟著他上樓，到一個小房間中密談。華特示意我坐床上，而他有很長一段時間只是站著不動，就像他現在一樣：手插在口袋中，蹬著腳根望向窗外，就像電影中的山謬漢茲（Samuel Hinds）。「賓克斯，我們彼此很熟了吧？」他開口（我們在新罕布夏唸同一所私立高中）。「沒錯，華特。」我回答。「你夠瞭解我，知道我不會拿一般兄弟會的狗屁來爲難你，對吧？」「我知道你不會，華特。」「我們不來震撼教育那一套，不需要。」「我知道。」他列舉了校內各兄弟會的優點。「他們全都不賴，每一個裡面都有我的朋友。但說到這裡的弟兄、我們成員的素質、彼此之間的關係、還有這個小標誌的意義……」他翻開衣領秀出兄弟會徽。據說他們會將徽章含在嘴裡沖澡，不知道是不是真的。「我沒什麼好說的，賓克斯。」華特摘下帽子，站著撥弄三角形帽尖。「事實上，我什麼都不打算多說。我只要問一個問題，然後我們就下樓。你走進這屋子的時候，有沒有感覺到某種特殊的東西？我不會明說，如果你有感覺到，你就懂我的意思，如果沒感覺到……」華特站到我面前，帽子貼在胸前。「你有感覺到嗎，賓克斯？」我馬上回答，若能立刻加入三角兄弟會，我絕對欣喜若狂，如果他要問的是這個。我們握了握手，他叫了些弟兄進來。「各位，見過約翰賓克森波林，他是費利西安納郡式微的波林家其中一員。你們也許聽過這名號。波林是鄉下人，全身都是蟲，但應該還是有兩把刷子，我相信他會讓我們感到驕傲。」我跟他們一一握了手，個個都是好人。

結果，我並未讓他們感到驕傲。四年大學期間，我沒有獲得任何獎勵。畢業紀念冊完成時，我的照片下沒有任何事蹟，只有幾個代表從缺的符號。這也理所當然，因爲我這四年都倚在兄弟會所的門廊上，發發呆，做白日夢，看著陽光穿過寄生藤，想到自己身在當下這特定的時空中，對其中的玄妙難解感到茫然若失。在從缺的符號旁有對我個性的評語：「沉靜但有獨特的幽默感」。來自巴斯羅普的波伊蘭貝斯也好不到哪裡去。他是個高大的農家子弟，有修長的脖子和明顯的喉結，主修藥學，而且四年間沒跟會上弟兄說過一句話，弟兄甚至不知道他的存在。他的個性評語是：「合群」。

華特稍微放鬆，從窗前轉過身，再次站到我面前，凹陷的太陽穴傾向我。

「遊行隊裡大多數人你都認識吧？」

「認識。其實我仍屬於……」

「跟去猛虎沼澤的是同一批人。你上個月怎麼不來？」

「我不太喜歡打獵。」

華特似乎在桌上發現了什麼，彎身用大拇指沿著木紋移動。「瞧瞧這木桌，是一體成型的，真是巧奪天工啊。」訂婚之後，我注意到華特開始像新屋主似的對屋內一切都興致勃勃，不時量量牆壁和地板，掂掂花瓶。他直起身說：「我不知道你是怎麼回事，只能猜想你把我列入拒絕往來了。」

「不是那樣。」

「那是怎樣？」

「什麼怎樣？」

「你爲什麼不偶爾打個電話給我？」

「我們要說什麼？」我用十年前尖酸的語氣說道。

華特用力掐了掐我的肩膀，「我都忘了你有多討人厭。你說得沒錯，我們要說什麼。」他語帶哀傷，「喔，賓克斯，這天殺的世界到底出了什麼問題？」

「我不知道，但今天早上我有個念頭，那時候正坐在公車上……」

「你在香緹利那種地方做什麼？」常有人問我這世界出了什麼問題，還有我在香緹利做什麼，我總是認真試著回答。頭一個問題很有趣，然而我發現沒有人真的想聽答案。

「沒什麼，賣共同基金給寡婦跟老外。」

「是嗎？」華特垂下肩膀，動了動背後的肌肉。接著蹲下來，眼睛沿護壁板計算長凳的角度。戰後，我們幾個人在維米里翁灣靠近猛虎沼澤的地方買了間船屋，大小事情都由華特一手包辦。他安排了一位廚師兼管理人就住在沼澤裡，還找了批真正有本事的嚮導。但對我而言，這冒險活動並不成功。說老實話，其實很無聊。在那邊捕魚打獵的時間實際上不多，倒是有打不完的撲克，喝不完的酒。華特最喜歡邀三五好友到沼澤共度週末，免刮鬍子還能沒日沒夜的打牌。他真的樂在其中。他會半夜三點從桌上爬起來伸個懶腰，給自己倒一杯，摩挲著鬍鬚，望著外面無盡的黑暗。「媽的，真不賴，對吧?這安排很棒吧，賓克斯?明天我們就要在這裡吃烤鴨。你老實說，在格拉特瓦餐廳有吃過更美味的食物嗎？」「沒有，真的很好吃，華特。」「跟我說實話，賓克斯。」「很好吃。」他幫管理人傑克解過危，喜歡把他帶在身邊。傑克會坐在牌桌旁邊，「傑克，你覺得那邊那傢伙怎麼樣？」華特會這樣問他，並朝我或其他人抬抬頭。他認爲黑人都有第六感，他的黑人更是其中佼佼者。傑克會歪著頭，好像真在用第六感揣度我。「你得小心他，賓克斯先生可不簡單。」傑克會用某種比第六感更令人讚嘆的方式，取悅華特卻又不冒犯我。船屋這主意不壞，但結果卻讓我變得消沉。說真的，我還是比較喜歡女人。在那沼澤裡，我滿腦子只想用手攬著瑪西雅或琳達，在墨西哥灣沿岸狂飆。

說真心話，跟華特爲伍我老是覺得有點尷尬。每當我跟他在一起，我就感到彷彿有種古老枷鎖纏身，必須稱兄道弟，必須培養出一種言語之外的情誼。而事實上我們幾乎無話可說，只有一股濃重的沉默徘徊在我倆之間。沒錯，我們是哥兒們，但卻是一對尷尬的哥兒們。這大概是我的錯，很多年來我都沒交過什麼朋友，把時間都花在工作、賺錢、看電影、追女人上面。

我上次交朋友大概是八年前，那時剛從東方回來，養好了傷，跟兩個覺得應該合得來的人來往。我確實喜歡他們，兩個都是好人。一位跟我一樣是前軍官，加州大學畢業，又瘦又窮，喜歡詩，也喜歡在鄉間遊蕩。另一位是來自瓦多斯塔的瘋狂怪人，樣子像年輕端正的布爾艾維斯（Burl Ives）配上鬍子跟吉他。我們打算來點健行活動，所以從煙山的蓋特林堡出發，沿著阿帕拉契山徑朝緬因州前進。我們三人都好酒且健談，可以不落俗套地侃侃而談詩、女人和東方宗教。健行這主意似乎不壞，睡收容所或伴著星光睡在清涼綠野中，之後再搭便車前進。我敢肯定這正是我想做的事，但很快我又變得消沉。每當我們真正共度些愉快的時光，像是圍坐在爐火邊，或是簇擁著幾個女孩，我就感覺他們在對我說：「怎麼樣，賓克斯？這就是你要的吧，老兄？」他們似乎真的從女孩身上抬起頭這麼對著我說。莫名所以地，我會陷入深沉的愁緒中。他們是多麼好的朋友，也理當得到快樂，要是我做得到就好了。而在雲霧繚繞的積鬱山谷中，那種美不但沒帶給我們歡樂，反而讓人心碎。「你怎麼了，賓克斯？」他們最後終於問道。「好友們，」我對他們說，「我得說再見了，祝福你們。我要回紐奧良，到香緹利定居。」我就此住在那裡直到今日，獨自一人，滿懷思緒，日日夜夜都在思索，無時無刻不在思索。我的朋友不時會來拜訪，全都像青年藝術家一樣蓄鬍子、騎腳踏車，之後就往法國區去，聽音樂、找妓女，而我依然全心祝福他們。至於我，則跟謝克斯奈德太太一起留在家，打開電視。並不是我有多喜歡電視，而是電視不會讓我從思索中分心。也因此我沒辦法跟朋友們一樣去尋歡作樂，那太分散心神，而我連停止思索五分鐘都不能。

# 4

華特自願載朱勒姑父到城裡。透過廳門，我看見姑媽坐在爐火邊，手指撐著太陽穴，白色天光傾瀉在略微仰起的臉上。她張開眼睛看見我，雙唇間吐出一個無聲的字眼。

我在地下室找到凱特，正在擦一個鐵製壁爐。她和華特從聖誕節就開始大掃除，刮去舊牆和櫥櫃上積累了百年的油漆，讓其下的磚塊和原木得見天日。她換上襯衫和牛仔褲，好似要強調自己的枯黃瘦弱。她的身材跟十歲小孩一樣弱不禁風，除了大腿以外。有時她說到自己的臀部，會高高翹起在上面猛然一拍，著實讓我面紅耳赤，因爲那的確是相當出色的臀部，圓潤豐滿，帶著神秘的誘惑力，可不是開玩笑的。

她愉快地跟我打招呼，讓我鬆了口氣。抱著一條腿，將臉頰擱在膝蓋上，用鋼絲絨擦著爐邊，胸有成竹、一派輕鬆地坐在成堆夏天遺留的廢棄物中，被破掉的藤椅、裂開的槌球、及腐朽的吊床包圍。現在她加了清潔劑擦拭，鐵邊開始發白。「怎樣?你不是應該要告訴我什麼嗎？」

「對，但是我忘了要說什麼。」

「賓克斯呀賓克斯，你要告訴我各式各樣的事情啊。」

「這倒是。」

「最後會變成我在告訴你。」

「那更好。」

「你是怎麼在這世界生存下來的啊？」

「什麼意思？我也不知道，上個月我賺了三千塊，資本利得少了一點。」

「你怎麼在戰爭中倖存的？」

「肯定不是託你的福。」

「呦呦呦。」這是我們之間習以爲常的說話方式，接近拌嘴而不是爭吵。「你在媽眼裡怎麼會那麼通情達理？」

「我跟她講道理。」

「她認爲你跟她是同類。」

「那是哪一類？」

「正派的波林家人。朱勒還認爲你是積極進取的青年，但你騙不了我。」

「你最清楚。」

「沒錯。」

「那我是哪類人？」

「你就像我，但更糟糕，糟多了。」

她的精神還算好，用不著放太多心思在她身上。我察看著一張長椅的藤編扶手，椅子已經破損，但仍引人側目，那是在費利西安納歷經二十寒暑所生的靈氣。我坐在椅子的一根主藤上，手撐著膝蓋。

「我想起來要找你幹嘛了，你要不要去勒基爾家看遊行？」

凱特伸直腿去掏口袋的香煙。吸煙的習慣對她有益。她掏出一包縐成一團的香煙，搓揉著溫暖的玻璃紙，用力卻精準地將一根煙在大拇指的指甲上敲，再用磨損到光滑泛黃，像文懷錶的Zippo打火機點煙；然後將短髮往後撥，吐出一縷青煙，從舌頭上撥掉一粒沙。她讓我想起戰前的女大學生，五六個人坐在一輛敞篷車裡，故作老成，對異性或同性都一言不發地繃著張臉。她們在香煙裡尋求慰藉，在那剝掉玻璃紙的窸窣聲，闔上打火機的鏗鏘聲，以及從肺中噴出那一口煙所伴隨的長吁聲中尋求。

「她的主意？」

「對。」

凱特不斷點著頭。「你們一定有番很不得了的密談。」

「沒什麼不得了。」

「你從來不瞭解媽的手段？」

「手段？」

「你以爲她跟我都談些什麼？」

「談什麼？」

「談你。我談你談得煩死了。」

現在我直視著她，她突然改用一種「客觀」的語氣。自從當了社工，凱特凡事直言不諱，並且用一種像在背誦案例般單調機械的聲音說話：「……一直都顯而易見，那可憐的女人從來沒有過性高潮。」「哪有可能！」我會大喊。我們會一起甩著頭，強烈地感覺彼此站在同一陣線。同樣擁護科學，卻又不至於對這世界的愚昧無知完全無動於衷。

她攻擊繼母並不新鮮，老實說我也不反對。發現了恨的可能，似乎對她很受用。在恨的力量下，她感覺溫暖，也讓地下室成了更友善的地方。她的憎恨源自於情感上的擺盪辯證。過去幾個月，她的情感擺向了父親（地下室將作爲他的視聽室）。一開始，她一直是父親的寶貝女兒。接著她的繼母，一個敏銳、迷人而且聰明的女人，出現在她關鍵的叛逆期。她內心一些原本隱隱不成形的怨懟，都因爲繼母的出現開始變得具體。幸好她沒有走上父親的路線，他那一廂情願的善良、天主教式的戲謔、低俗的笑話、對全能上帝的愚忠；不斷呆板地灌輸她要乖，要關心姐妹，要以他爲榜樣，內心虔誠，外表開朗。所幸她不吃父親那套，否則當她遇上這迷人的女性風采時，不會察覺自己有多淺薄。繼母負責管教，並且解放了她。在這比母親更年長，卻又像個姐妹的女人身上，她找到了最睥睨不羈的革命同志。書籍、音樂、藝術、觀念的世界在她眼前展開。只是繼母後來對凱特的政治運動大驚小怪，畢竟精神上的叛逆是一回事，那是將精神從狹隘的地區俗事，提升到文學跟生命的崇高領域；甚至莎拉勞倫斯學院那種女孩子氣的社會主義也沒什麼不好。但是跟一些窩在書店的呆子，或我姑媽再熟悉不過的那種故作高深的社工，在紐奧良這裡搞政治陰謀，那就是另外一回事了。即便如此，這一切都已成過去，現在回頭看也沒那麼糟。事實上，隨著時間流逝，這些活動其實替一個人的學生時期增添了不少風味。我還記得很清楚，姑媽曾對她侃侃而談，年輕時華格納樂迷對著老布拉姆斯噓聲大作的那段日子：喔，那瘋狂叛逆的青春歲月啊。但凱特那辯正擺盪的憎恨，現在對象輪到我姑媽她自己了。凱特會趕上並且「看穿」她繼母是無可避免的，就像過去她趕上父親一樣；也因此在同樣的辯證法則下，她會重新發現父親是個真正可靠的路易斯安那商人，就算沒辦法陪他去望彌撒，也該幫他布置間視聽室。她也難免要放棄樓上的交響樂團，而選擇地下室的運動頻道。就像我說的，她現在喜歡或不喜歡父母中哪一個，對我來說都一樣，我只是對她可利用對象的貧乏感到不安。她的擺盪還能將她帶往何處呢？朱勒伯父之後呢？我怕她的情感不會再擺盪回她繼母身上，而是陷入某種死胡同，讓她必然要意識到自己的無依。「那就恨她吧，」我想這麼對她說，「去愛朱勒，只是保持這樣就好，別再改變心意了。」

我說：「那你不去勒基爾家囉？」

她把香煙放在一個陶瓷破片上，繼續擦拭。

「你也不去嘉年華會？」我問。

「不去。」

「你不想看華特作遊行隊長？」

凱特猛然轉過身，雙眼圓睜。「別把華特當作笑話。」

「我沒有。」

「別以爲我沒看見你們兩個午飯時怎麼設計他的。你們倆真是一對好搭檔。」

「我以爲你跟我才是搭檔。」

「你跟我什麼搭檔都不是。」

關於這我想了一想。

「再見。」凱特忿忿地說。

# 5

姑媽和我閒聊，我們照過往的談天方式，在音樂的間隔中穿插著聊。她在彈蕭邦，彈得不怎麼樣，指甲老是敲到琴鍵，但她彈的是我們最愛的曲子之一：降E大調練習曲。最近幾年，我對音樂變得多疑。有些樂句曾經在我們之間建立起特殊默契，或者讓我像個善感的小女孩一樣敞開心房，不過現在每當她一彈起，我就有所防衛。

她沒問到凱特，反而問起我母親。姑媽並不喜歡我母親，畢竟我父親是個醫生，母親只是他的護士，最後卻嫁給了他。在這種情況下，姑媽已經盡可能去喜歡她了，從沒說過她一句壞話，還特別慇勤相待，甚至還說我父親是走運才能娶到這麼好的女孩。這言下之意其實也表示，我父親某種程度來說，的確是把人生大事交給了運氣決定。她對我母親唯一的不滿，也並不是針對她，而是針對我父親，因爲父親娶她實在太缺乏想像力。有時候我自己也感覺，我母親是誰，以及我是誰，取決於比洛克西護理站督導的隨機選擇。父親唸完醫學院，結束波士頓的外科實習，回費利西安納郡跟我祖父一同執業時，申請了一名護士。隔天他等著（我也在等）看誰會來。門打開，一名女士走進來，只要她不是只有一條腿或極端醜陋，最後就會成爲他的妻子，我的母親。我母親是天主教徒，照姑媽那夥人的說法是「虔誠教徒」，不過這只表示她信奉天主教，我倒不認爲她有多虔誠。這也代表了，至少在名義上，我也是天主教徒。

父親死後，姑媽送我去唸私立高中，大學期間則住在她家裡。母親回比洛克西一間醫院工作，沒多久就改嫁，現在住墨西哥灣海岸邊，她丈夫是那裡的汽車零件商。我有六個同母異父的弟妹姓史密斯。夏天有時候我會帶著我的瑪西雅或琳達，到阿勒曼湖口的釣魚營地拜訪他們。

現在艾蜜莉姑媽指甲敲著琴鍵，繼續奏起十九世紀甜美憂傷的旋律，演奏沒得挑剔，但仍有所不足。爲了保護自己，我從壁爐上拿起一張相片。

「她會去嗎？」間奏時姑媽問道。

「凱特嗎？不去。」

「算了，無所謂。」

我再次拿起照片迎著光線。天色逐漸暗淡，吹起清新的晚風。

「姑媽，爲什麼你不在照片裡？」我問，「你不是在場嗎？」

「不在。你知道他們想做什麼嗎？」

「做什麼？」

「漫步到匈牙利去打鵪鶉。我就說，神經，打鵪鶉在費利西安納郡就行了啊。總之，我聽說慕尼黑那邊不太平靜，有暴動之類的，況且我也不喜歡鵪鶉的味道。所以他們到匈牙利去獵鵪鶉，我就去慕尼黑湊熱鬧了。」她看著我將照片放回原處。「我們再也見不到他們那種人了，克里奧爾貴族的時代已經過去，只有我的朱勒還在。還有山姆葉格，能再見到山姆真好，對吧？」

這很荒謬沒錯。朱勒姑父根本不是克里奧爾人；至於山姆葉格，他只有在漫長的週日下午，陪在我姑媽身邊時才是克里奧爾貴族。姑媽照自己的意思轉化每個人。莫瑟在她眼裡仍是個老奴僕；朱勒姑父則是克里奧爾最後的貴族，而實際上他是來自拉佛奇河一帶精明的凱真人*，就跟馬賽商人一樣精明，也很好相處，但不是貴族。所有關於過去的零碎片段，所有關於人的無用資訊，姑媽都會收集起來組合成一個清晰的形象，是英雄或是懦夫，高貴的還是低賤的。她的意念強烈到有時候其人其事都會被她扭曲，他們於是變成了她心目中的樣子。朱勒姑父視自己爲氏族中少數的克里奧爾人，莫瑟有時則跟老奴僕沒兩樣，說真的我不知道，莫瑟也不知道，他的身分到底爲何。

從中午就開始醞釀的暴風雨降臨我們頭頂上，雷聲撼動了玻璃窗，我們來到迴廊欣賞。從墨西哥灣襲來的強風將香蕉葉撕成碎片，落在地上的山茶花被刮過庭院；簾幕般的豪雨，被房屋從中分開，卻又立刻匯聚成勢；樟腦樹的殘枝落葉嘎嘎作響地打在屋頂上。我們挽著手在避風面的迴廊來回走著，就像在郵輪上漫步的乘客。

「離開德國後，我堅持要回英國，我想再去湖區看看。」

* 移民至路易斯安那州的法屬加拿大人後裔

「爸有去嗎？」

「傑克？當然沒有。他遇到來自夏洛特斯維爾和普林斯頓的兩個好兄弟，匆匆忙忙就往萊茵河上游去了。走的時候一隻手臂夾著瓶萊茵白葡萄酒，另一隻夾了本歌德的《威廉麥斯特》。」（我心中第一百次閃過這念頭：你描述的學生王子和壁爐上冷冷的年輕小子不太像啊。）

「傑克！」她改用另一種聲調，瞬間黑森林就被拋回兩千哩外、四十年前。

「是，姑媽。」我的脖子開始有種可怕但不惱人，大禍臨頭前的刺痛感。

我們繼續踱步，姑媽小心踩著步伐，腳尖對著木板邊緣。她將一根手指貼在嘴唇上，但看不出來她是在笑還是在扮鬼臉。

「我昨晚靈機一動，今天早上還是覺得這主意相當好，你猜怎麼著？」

「什麼主意？」我的脖子像牛頭梗一樣發癢。

「上禮拜我在書店碰到老麥納醫師，聊了一下，我沒提到你的名字，是他提起的。他問我你在做哪一行，我告訴他之後，他說真可惜，因爲你有敏銳的頭腦和天生的科學好奇心，他沒理由說謊。」

我知道她要說什麼。姑媽確信我有「研究的天份」，實際上並不然，如果有研究天份，我就會去做研究。其實我並不是非常聰明，成績只是一般。我媽和姑媽認爲我聰明是因爲我沉默寡言，又常心不在焉，而且我父親和祖父都很聰明。他們認爲我注定要做研究，因爲其他事都不適合，我是尋常職業滿足不了的天才。有個夏天我試過做研究，對腎結石成形時的酸鹼平衡產生了興趣。沒胡說，這是個很有趣的問題。我直覺認爲或許可以藉由操控血液中的酸鹼值，讓豬產生結石，甚至還能將它分解。一個來自匹茲堡，名叫哈利史丹的朋友，跟我一起研讀了文獻，並把題目呈給麥納。他很熱忱，供應一切所需，並讓我們那個暑假自由發揮。但之後奇特的事發生了，我變得格外容易被實驗室的夏日午後所打動。八月的陽光穿過滿佈灰塵的天窗，在屋內豎起一根根金黃色光柱。老舊的建築在熱浪中咯吱作響，聽得見外面有暑期學生在玩足球的吶喊聲。一個下午的時光，黃色光線逐一掃過生物學系教職員的相片。我沉醉於這整座建築的風韻，會連續好幾分鐘坐在地上，看著塵埃在陽光中浮沉。我邀哈利一同欣賞這景致，但他只是聳聳肩，繼續埋頭工作。他對時間和空間的獨一無二完全無動於衷，四海皆無二致，下午四點在紐奧良，還是午夜在川西凡尼亞幫豬插導尿管，對他來說都一樣。他真的就像電影裡那些科學家，對身外任何事都毫不在乎，只專注於腦中的問題。這才是真的有「研究的天份」，而且一定會名揚天下。然而我並不忌妒他，就算他發現了癌症的成因與療法，我也不會想跟他互換。因爲他對周遭玄妙視若無睹，就像游魚不識水一樣。他可以做一千年研究，卻仍一無所覺。到八月中，相較於夏日午後的玄妙，我已經看不出豬得不得腎結石有何差別了（順道一提，牠們沒得）。我問哈利能不能退出，他欣然同意，因爲我老坐在地板上對他也沒多大幫助。我搬到法國區，剩下的暑假都在探索著夏天的精神，身旁伴著一位來自班尼頓，迷人又迷惘，自認是詩人的女孩。

但我誤會了，姑媽並不是要建議我去做研究。

「我要你考慮一下，秋天去讀醫學院，你心知肚明自己內心深處一直有這種念頭。我把那間單人小屋整修過了，你等著瞧，我加了小廚房和書架。你會有完全的隱私，我們甚至不會讓你進到這屋裡來。這並不是我在施恩，我們需要你。我弄不清楚凱特在想什麼，朱勒又不樂見出什麼問題。她又只聽你和山姆的話。」

我們走到迴廊的角落，一股溫暖的水氣噴灑在我們臉上，可以聞到南方島嶼的氣息。雨勢減緩，打在潮濕柏油上的聲音也顯得疲乏。

「目前的計劃是，天氣一轉熱，我們就去平岩市，全家人一起，包括華特，他已經答應了。在山上度過悠長愉快的夏天，九月回來，再全心投入工作。」

兩輛車在普利塔尼亞街上並排競速，一個人用沙啞低沉的聲音吼著粗鄙的辭彙，我們的腳步發出像在地下室鳴槍般的回聲。

「我不知道。」

「你考慮看看。」

「是，姑媽。」

她沒有笑，反而攔住我。

「年輕人，你到底想要什麼樣的人生？」她問道，語氣中帶有一種讓我不安的溫柔。

「我不知道，但我會隨時照你的意思搬回來。」

「你不覺得該善用你的頭腦，做出點貢獻嗎？」

「不覺得。」

她等我繼續往下說，但我沒有，她似乎也忘了要說什麼。沒有反駁我的負面回應，她反而挽著我的手臂繼續漫步。

「我不再裝作自己理解這個世界了。」她搖著頭，卻依然保持著和藹又帶威脅性的笑容，「我所認識的世界已經在眼前崩解，我們所珍惜的一切都被辱罵唾棄。」她朝普利塔尼亞街上點了點頭，「你將生活在一個有趣的時代，雖然錯過了我並不覺得遺憾，但那景象應該會很壯觀，看著暮色大地逐漸墮入黑暗。沒錯，我們就處在這種時候，告訴你年輕人，現在是傍晚了，時候不早了。」

對她來說現實結構也在分崩離析，但她認爲分崩離析自有道理，她瞭解及將來臨的混沌。看著她的眼睛，一切似乎如此清楚明白。我人生的職責很簡單，去念醫學院，善加利用漫長的人生服務同胞。這有什麼不對？我只需要記清楚這一點就行了。

「……你的頭腦這麼好，不能輕易蹧蹋。我不太清楚我們在宇宙這黑暗的角落，一個不停旋轉、微不足道的渣仔上做什麼。上天沒有向我吐露這個秘密。然而我全心全意地相信一件事：人要善用天份，竭盡所能，爲所當爲。在這個世界良善注定要被擊敗，但人要奮戰到最後一口氣，這就是勝利。沒做到就不配稱爲人。」

她說得對，我想大聲叫好，即便我不明白她在說什麼。

但我聽到自己說：「其實我正計劃要離開香緹利，不過是爲了其他原因，有些事……」我閉口不語，說出追尋的念頭似乎愚蠢可笑。

這彆腳的回應出乎意料地受到姑媽歡迎。

「當然囉！」她高聲說，「你做的是每個男人都會做的事。你爸念完大學後，也有過漫遊年，沿著萊茵河跟羅亞爾河晃蕩了一整年，一手摟著美女，一手摟著同志。你大學畢業後卻怎麼了？戰爭。我很以你報效國家爲榮，但那會把任何人榨乾。」

漫遊年。我的心往下一沉，畢竟我們還是無法互相理解。如果我知道過去四年只是安頓下來之前的漫遊年，我會當場斃了自己。

「你說的榨乾是什麼意思？」

「你的科學熱忱，對書和音樂的熱愛。你不記得我們以前多麼能聊嗎？漫長的冬季傍晚，朱勒上床睡覺，凱特去跳舞之後，我們促膝長談。我們聊到太陽都覺得厭煩，不得不趕緊下山。你不記得初識尤里庇狄斯（Euripides）和尙克利斯朵夫（Jean-Christophe）那時候嗎？」

「是你介紹我讀他們的，一直以來都是透過你……」我突然感到昏昏欲睡。一步一步往前跨是要花力氣的，幸好姑媽決定要坐下。我用手帕拂了一下長鐵凳，我們並肩坐下，依然手挽著手。她輕輕拍了我一下。

「現在我要你答應一件事。」

「是，姑媽。」

「再過一個禮拜就是你的生日。」

「是嗎？」

「你就要三十歲了。你不認爲一個三十歲的男人應該要知道人生方向了嗎？」

「的確。」

「你會告訴我嗎？」

「生日那天？」

「對，下週三下午，山姆離開之後，我就在這裡跟你碰面，你能跟我保證會來嗎？」

「可以，姑媽。」她對山姆的造訪有很大的期待。

姑媽拉起我的袖子，看了看錶，深吸了一口氣。「該回庸俗瑣碎微不足道的現實世界了。」

「親愛的姑媽，先躺下來讓我幫你抓抓背吧。」她頭痛時，我從她眼中就能看出來。

稍後，莫瑟將車開到前門，姑媽溫暖乾澀的臉頰貼上我。「嗯，你真是我最大的安慰，讓我想起了你爸。」

「我不太記得他。」

「他是個最討人喜歡的老傢伙，總是興高采烈，女孩們都爲他著迷。還有那頭腦，他腦袋精明極了，像你一樣善於分析。」（她老是這麼說，儘管我從沒分析過任何東西。）「紐奧良的女孩全都任他挑。」（結果選了安娜卡斯泰尼作老婆）

莫瑟換上了燈心絨外套和帽子，不情不願地開著車門，並四下張望，好像在說他也許是司機，但決不是奴僕。

姑媽上了車，但沒有放開我的手。

「他要是去做研究會更快樂的。」她如此說道，放開了我。

# 6

雨停了，凱特從台階下的地下室叫住我。

她精神抖擻，讓我看她在油地氈下找到的磚頭，和華特在廢棄物堆積場買來的隔板。隔板去掉油漆之後，跟水缸相較有點磨損，讓她很傷腦筋。「這些可以用來在這邊做個小隔間，泉水和盆栽從這邊穿越出去。」只要將隔間延伸到花園，圍牆一角就能形成一個美妙的小角落。我能瞭解她為何如此認真：好像真的只要能找對地方，搭出一個由磚石、藤蔓、流水組成的封閉天地，她的生活將因此多采多姿。「我心情好極了。」

「什麼事讓你心情這麼好？」

「暴風雨。」她清了清破藤椅，拉我一屁股坐在籐條上。「刮起了狂風暴雨，你和媽一直走過來，走過去，而我給自己倒了一杯，好好享受每一分鐘。」

「你準備好去勒基爾家了嗎？」

「喔，我沒辦法去。」她邊說邊摳著大拇指，「你要去哪裡嗎？」她緊張地問，希望我會離開這裡。

「去雜誌街。」我知道她沒在聽。她的呼吸微弱且不規則，好像每次呼吸前都要先想一想。「這次很嚴重嗎？」

她聳聳肩。

「跟上次一樣嚴重？」

「沒那麼糟。」她尋常無奇地拍了一下膝蓋。過了一會兒，她說：「可憐的華特。」

「華特怎麼了？」

「你知道他在這下面做什麼嗎？」

「不知道。」

「測量牆壁。他口袋裡放了一個小捲尺，到哪裡都忍不住要量量牆有多厚。」

「你要跟他結婚嗎？」

「不知道。」

「你媽認為那場事故還在困擾著你。」

「難道我該跟她說其實正好相反？」

「那沒有對你造成困擾？」

「那賦予了我生命。這是我的秘密，就像戰爭是你的秘密。」

「我並不喜歡戰爭。」

「因爲意外之後每個人都說：『多麼可怕的遭遇，她可真堅強。』所以我的確是很堅強，我可以成爲一名好士兵。」

「你幹嘛想成爲士兵？」

「打仗多簡單啊。身處在一群首次體會到恐懼的人之間，而你自己也是這輩子首次能害怕一個活生生的敵人，這感覺多有意思，多好玩啊！這不就是英雄的秘密嗎？」

「不知道，我不是英雄。」

凱特若有所思。「你記得人生中最快樂的一刻嗎？」

「不記得，除非退伍也算。」

「我記得，是一九五五年的秋天。我十九歲，即將跟萊爾結婚，萊爾是個好男人。我們從基督海口市開車到納切斯拜訪萊爾家人，隔天我們要到牛津去看場比賽。所以我們先到了納切斯，第二天開車到牛津看比賽，然後去跳舞。跳完舞，萊爾當然得開車回家。差不多開到吉卜森港附近，那時候天色已亮，但地上有股霧氣，路面仍然很暗。萊爾開著大燈跟一輛車交會，是輛雙門小轎車，車門上漆了個『捷』字。」凱特用她疲弱且分析性的口吻說著，對其中的怪誕之處卻似乎饒有興致，「『捷』這個字是我最後看到的東西。萊爾一頭撞上一車採棉花機。我頭一定垂得很低，整個人像球一樣蜷曲起來了。清醒時，我躺在一間小屋的前台上，連點擦傷都沒有。我聽見有人說那個白人死了，腦海中只想著一件事：我不要被帶到納切斯的萊爾家。兩名警察想載我到醫院，但我覺得沒什麼大礙，有人幫我打了一針。我走過去看萊爾，所有人都以爲我是圍觀者。他的臉頰滿是砂礫。路上停了二十或三十輛車，然後來了一輛巴士。我坐上巴士到了納切斯。我的上衣沾了血，所以到旅館後就把衣服送洗，洗了個澡，點了份豐盛的早餐，吃得一乾二淨，還讀了週日早報（我還記得那咖啡有多香醇）。衣服送洗回來後，我穿著整齊，走到車站，搭上開往紐奧良的伊利諾中央線。我睡得不醒人事，傍晚在卡洛頓大道下了車，走路回家。」

「最快樂的是哪一刻？」

「是在巴士上的時候。我站在那邊等車門開啓，然後上了車，從明亮天光航向冰窖一般幽黯寒冷的深谷。」

凱特皺著眉頭，手指在藤椅上敲擊。一艘柴油船在河上鳴笛，頭頂上有座機器馬達在賣力運轉，莫瑟以虐待打蠟機爲職責，我注意到黑人對機器都沒什麼好感。「失陪。」凱特說完，突然起身離開，名副其實一聲不響地消失了。一根水管嗚嗚作響，隨即嘎然而止。凱特回到房裡，四下張望，像個牛仔般拍打著手臂。庭院中幽光閃爍，上方空蕩蕩的屋子像貝殼般無語。

「這表示你不會嫁給華特囉？」

「大概不會。」凱特說，頻頻打著呵欠。

「你今晚要跟他碰面嗎？」

「不會。」

「那何不跟我一起出去走走？」

「不要，」她回答，拍著手臂，「我要待在這裡。」

# 7

她悄無聲息地上樓來，一開始我以爲是幫忙拿貝類罐頭到街上，偶爾將牡蠣鋪在碎冰上的那個黑人小男孩。生蠔吧位在餐廳和廚房之間，連接兩個廳房，供女傭通行。屋椽上垂吊著黃色燈泡，但便門敞開，通道充塞著夜晚的黝黯。

凱特手指在鋅製吧檯上輕敲，心不在焉地看著黑人清理磁磚地板上的牡蠣污漬。處理牡蠣的人在她面前開始工作。

「我不能去勒基爾家，也不能嫁給華特。」

我邊喝啤酒，邊看著她。

「我沒跟你說實話，情況很糟。」

「現在？」

「對。」

「你想待在家裡，還是出門？」

「你決定。」她魂不守舍地說。一個陌生人看到她這樣子，並不會察覺有什麼不對勁。

「要我打電話給莫爾嗎？」

「不要，用偏方。」

「偏方」是我們以前發現撐過這段時期的一種方法，主要是讓她變成一個小男孩，而我別去注意她。她吃了顆牡蠣，跟海水一樣又冷又鹹。情況其實還好，我見過她更糟的時候。

「我們去聖查爾斯大道看遊行，然後有部電影我想看。」

她點頭，並開始注意女傭，張著乾涸的嘴唇望著她們，像個小男孩，跟著父親或兄長來到某個地方，被丟在一旁到處張望，沒有人注意。

我們趕上了海神遊行隊在市區的表演。群眾已從湖畔移到聖查爾斯大道的河畔。天色相當暗了，街燈讓濕潤的槲樹葉閃爍著金光，南風從查普圖勒斯街的碼頭帶來陣陣咖啡香。騎警將群眾限制在人行道上，一些黑人從路易斯安那和克萊本大道轉進，來到陰暗的中立區，其中一些男人讓小孩跨坐在脖子上，好越過群眾觀看。

來了一輛公共工程車，升起雲梯，測量樹枝下的空間，並修剪掉潮濕低垂的枝葉。我們正等著看火把隊，現在他們來了。六個引人注目的黑人組成了先導隊伍，穿著髒兮兮的三K黨長袍，個個高舉著紅白相間的火燄。火把隊引起了一陣騷動，持火把的人貼著群眾快速大步邁進，火星灑在每個人身上。火把隊成員不時憤怒地彼此張望，好維持比肩齊步，骯髒頭套下露出嚴峻的黑色臉龐向外窺視。凱特對著他們笑。黑人觀眾覺得他們很可笑，但他們放肆無畏的態度，對群眾的輕蔑不屑，也讓他們感到興奮。「嘿！」他們喊道，「瞧瞧他，可真是條漢子。」

花車從樹葉下轆轆駛過。有些父親帶了梯子來，上面釘有可搭載三個小孩的橘簍。這些幸運兒合不攏嘴地注視著戴著面具的人從眼前走過，幾乎觸手可及。這些戴面具的人，他們的鼻樑和黑色眼窩讓他們看起來像十字軍戰士。不過這些妖魔鬼怪不可思議的善良，傾身撒著整串整串的項鍊和手環，或者丟給中立區的有色人士。北路易斯安那州和德州的高中樂隊跟在花車後面，黑人小孩在群眾身後跑來跑去，好跟上遊行隊伍，或撿拾丟得太高的小飾品。

遊行隊長和一位公爵騎在馬上朝我們而來。

我問凱特想不想看看華特。

「不想。」

「那我們最好先離開。」

李察威麥（Richard Widmark）主演的《圍殲街頭》（Panic in the Streets）正在查普圖勒斯街上演。這部電影在紐奧良拍攝，李察威麥飾演一位公共衛生檢查員，獲悉城內有霍亂疫情爆發。凱特看著電影，乾燥的雙唇微張。她瞭解我上電影院的習慣，不過是以自己特有的理解方式。劇中有一幕場景正是這座電影院的附近一帶。凱特看了我一眼，我們有共識電影中不交談。

電影結束後在街上，她環顧這一帶。「好了，現在認證過了。」

她指的是一種看電影產生的現象，我稱之為歸屬認證。現今當一個人住在某處、某個社區，那地方對他而言並沒有受認證的歸屬感。他很可能會悲哀地在那裡生活，體內的空洞不斷擴張，直到吞噬整個社區為止。但如果他看了一部電影，其中拍到了所居住的社區，那麼至少是暫時，他得以歸屬於某個叫得出名堂，而非不知名的地方。

她聽起來有些好轉，但其實不然。她在作繭自縛，這次是扮作我的哥兒們，交情最好且最瞭解我心思的密友。即便是現在，她也不顧一切要扮演好這角色。在漫長的夢魘中，所有她碰觸的東西，都毫無例外變形成恐怖之物，現在輪到我們倆長年的友誼了。

# 第二章

# 1

紐奧良嘉年華之前的最後一個週末，市場交易清淡。但我今天早上醒來，突然對美國汽車公司有股強烈預感。我賣掉福特股票，用二十六塊半買進美國汽車。

今早又做了戰爭的夢，其實不太算是夢，而是接近夢的幻象，一九五一年亞洲那令人反胃的氣息又瀰漫在辦公室裡。那不是恐懼本身，而是恐懼的味道，所以帶有一點痛苦的快感，就像用舌頭舔舐著牙疼。氣味附著在辦公室內所有東西上，一名利潤分析員讓我想起那味道；一位女士進來拿美國電信公司債券，身上也有那味道。

只有我的秘書聞起來沒有那種氣味。她名叫莎朗金凱，來自阿拉巴馬州的尤福拉。雖然她已經爲我做事兩週了，不過我還沒約過她，談話也限於公事，然而事實上，這兩週來我滿腦子只想著她，目前她似乎毫無所覺。她其實並不特別漂亮，身材高大，至少五呎六吋高，一百三十五磅，跟女子樂儀隊隊長相去不遠；而她的臉有點過於小巧玲瓏，像是雷諾瓦畫上那些女孩子；眼睛也有點太黃。但她的臉蛋極爲清爽乾淨，臀部也優雅美麗，每次她穿過屋子走到冰箱那邊時，我雙眼就盈滿感激的淚水。她是那種南方常見的小鎮姑娘，出身最落魄的村落中最簡陋的屋子，粗魯無文的父母親養育出這些美人，這些雙頰紅潤的盎格魯撒克遜美女。這種女子有成千上萬，比麻雀還常見，散佈在街頭、公園、門階上。沒人會為她們感到驚豔，沒人會珍視她們。她們一長大離巢就迫不及待飛往城市落腳，沒人會懷念。即便是她們的男人，對錢的關心也遠遠甚於她們。但我為她們驚豔，我懷念她們，我珍視她們。

我跟姑媽以及凱特通過幾次電話。凱特似乎有些好轉，姑媽很高興並將此歸功於我。她幫凱特向明克醫師掛了號，凱特也同意去。凱特打電話給我時，操著冷漠平板的口吻，這對我們倆來說都是一種壓力。出於某種原因，她覺得務必要略去成規客套，所以當我接到電話，傳入耳中的不是一聲：「你好，我是凱特。」，而是低沉的聲音說：「刀劍又開始齊飛了。」意思是她跟她媽又開始劍拔弩張；或是：「你猜怎麼著？我還是要慶祝春神到。」結果她是決定要用反諷和反省的態度，去參加一年一度，替海神遊行隊歷任皇后舉辦的餐會。正如我所說，這對我們倆都造成壓力，不過我還是很高興接到她的電話。說老實話，我有點擔心她，比她繼母更擔心。凱特老是把自己困住；找到一條出路，卻又自己砰然關上大門。她取消了跟華特的婚約，不過她繼母可以理解，華特也是，至少表面上看來如此。他仍盡心盡力給予支持協助，其實除了華特，也沒有別人能載她去飯店參加皇后晚宴。一切似乎風平浪靜，但凱特仍心神不寧。「他們以為在幫我，其實不然。」如此低沉的聲音傳入我耳中，「要是他們沒那麼該死的體貼，那有多好。最好把我趕出家門，讓我流落街頭，名下只有兩塊錢財產，剛好搭電車到市區找工作。或許去做空姐，接下來二十年，每週來回休士頓三次，想想看這種生活多棒啊。你以為我在開玩笑？才沒有，那真的很美好。」

「那你爲何不乾脆離家出走，去找份工作？」我問她。一陣沉默降臨，接著是喀噠一聲。但這並不代表什麼，突然掛電話是我們機械式對談的一部份。

莎朗似乎沒注意這些古詩似的對談，儘管我們同處在一間小辦公室裡，彼此間觸手可及。今天她穿著一件黃色無袖綿質洋裝，手臂像小女孩般怯生生地從袖孔穿出來。但當她抬手梳理頭髮時，你會發現那手臂一點也不纖弱，帶有重量的柔軟臂肌鬆垂著。有一次她徒手拍打蒼蠅，拍得我的金屬桌像銅鑼一樣嗡嗡作響。她背對著我，但略微側身，所以我可以看見她臉頰的線條，盤旋而下，在眼窩下方有斯拉夫人般的突起，最後敏感纖細地向內一彎，讓她的臉顯得玲瓏有緻。她桌上有一張父親的快照，頰骨和眼窩之間同樣顯得擁擠，使得眼睛像中國奸人般瞇成一線，這特質在他臉上極爲醜陋，但在女兒臉上卻異常美麗。她打字的時候，腎型小靠墊恰到好處地迎著她的腰部。

我愛上莎朗金凱了。我想她毫不知情，我既沒開口約她，也沒對她特別友善；相反地，我像佔領巴黎的納粹軍官一樣冷漠嚴酷。然而當她今早走進辦公室，卸下瓜地馬拉皮包，撥弄著衣領上的頭髮時，我聽見耳中颯颯響動，像是沙漠起風。我碰巧得知，她的瓜地馬拉包裡有一本《冷暖人間》（Peyton Place）。她應徵時就帶著這本書，是平價的文庫版，壓在她的錢包下面。從那時起，她的皮包就重得很，我可以從皮包擺動的幅度看出來。她會在自助餐館邊吃午餐邊讀這本書。當時我把她的文學偏好當作好兆頭，但現在不這麼想了，我的莎朗不該讀這種玩意兒。

她這人在我心中已經成爲無價之寶，我終於明白了古詩中的比喻：「腎型小靠墊，吾其羡汝！喔，多想取而代之，緊貼著伊溫軟的腰腹」，這一類的句子。前幾天隔壁儲蓄放款協會的法蘭克赫伯在抱怨他的開銷：房租要花多少、辦公室小姐又要花多少。試著把莎朗金凱當作價目表上的一樣物品，她比工友貴，比房租便宜。然而我仍不敢替她加薪，雖然不久之後勢所難免，她是第一流的秘書，比瑪西雅或琳達學得都快。面試時我只得知幾件事：她來自阿拉巴馬州巴伯郡；在伯明罕南方大學讀了兩年；父母親離開農場而且離婚了；母親在賣真絲織品公司的針織品，常來探望莎朗，但沒跟她同住。莎朗住在廣場大道的一間出租公寓，她的室友在美鋁公司上班。有天晚上我開車經過她住處，是棟高聳狹窄的大樓，看得見藍色窗戶和底層外露的管線。

我對她保持一種葛雷哥萊畢克（Gregory Peck）式的距離。我也身材高大，滿頭黑髮，同他一樣獨來獨往，目光炯炯，臉頰瘦削，雙唇緊閉，偶爾點一兩下頭，吐出一兩個字。

今天我同樣保持著距離，但耳中呼嘯的風聲更甚於以往，我幾乎受不了，對她的渴望在心中形成無盡的憂傷。十分鐘前她坐在椅子上向後盪來，交給我一封信，連碰都沒碰到我，但我耳邊就響起了《玫瑰騎士》的詠嘆調，鼻中充滿了她黃色棉布及夏天不遠的氣息。一旦她前臂上溫潤的肌膚碰到了我的手，火光即刻劃過眼角，讓我目眩神迷。

我今天讀著《古沙國遊記》（Arabia Deserta），書封是拿標準普爾的分析報告來包裹。她藏著《冷暖人間》，我藏著《古沙國遊記》。

非常舒適，白晝火焰般的熱氣已散，現在升起簡單的營火。太陽從阿拉伯一個高度超過三千英呎的高地草原落下，稀薄乾燥的空氣隨即煥然一新，沙地很快冷卻，不過三根指頭深處還留存著過去一整日的餘溫，直至下次日出。半小時之後就是藍夜，異常清朗的夜空中星光皎潔，銀河明晰地纏繞在天際。日落後，游牧人的主婦搬進一捆木材和乾草，是用鶴嘴鋤（他們少有的一種工具）在荒野中挖來的。她把柴薪放在爐邊，餵養那氣息芬芳的營火。

有段時間，要是地球上只有一本書能留存，我會選擇這本。幾年之前，我只讀「經典」，也就是重要議題的扛鼎之作。比如說，托爾斯泰的《戰爭與和平》，小說中的小說；湯恩比的《歷史研究》，時間問題的解答；薛丁格的《生命是什麼？》；愛因斯坦的《我眼中的宇宙》等等。在過去那些年月中，我立足宇宙之外，企圖去瞭解它。我待在屋內，忘卻自身和物外，只讀著經典著作，爲了休息才出門到附近散步，偶爾去看場電影。當然，在讀《膨脹的宇宙》這種書時，我身在何方根本無關緊要。這種志業我稱之爲縱向的追尋，最顯著的成功是有一晚，我坐在伯明罕一間旅館中，讀著《生命的化學》這本書。當我闔上書本時，感覺追尋的主要目標似乎已經達到了，或者原則上是可以達到的。於是出門看了場電影，片名是《一夜風流》（It Happened One Night），是部非常好的片子。那是個難忘的夜晚，唯一的問題是雖然宇宙奧秘迎刃而解，我自己卻被遺落了。躺在旅館房間內，追尋儘管已經結束，我卻仍上氣不接下氣地難以呼吸。不過我現在採取了另一種追尋方式，橫向的追尋。也因此，我房間裡發生什麼事就沒那麼重要了，重要的是我離開房間到附近遊蕩時會發現什麼。之前，我遊蕩是爲了休憩；而現在，我認真地遊蕩，要休憩時就坐下來讀書。

我跟姑媽用費利西安納老派的說話方式在談論凱特，或和凱特用機械式的口吻交談時，莎朗連根眉毛都沒動一下。然而她認得出每個人的聲音，將電話筒交給我時都會說明「卡特洛夫人找」或「卡特洛小姐找」。現在她又接起了電話，我突然想到，也許她不是完全毫無所覺。她歪著頭，鉛筆抵在臉頰邊，活像洗髮精廣告中的秘書。她把話筒貼在胸前。

「沙塔拉瑪希亞先生之前有打來過，我忘了。」

「那是他嗎？」

她點頭，瑪瑙似的眼珠子望著我，我做了一下葛雷哥萊畢克式的思考，立即向她伸出手。

是件無關緊要的小事，沙塔拉瑪希亞先生想買些地，正是由我繼承，聖伯納郡一塊不值錢的沼澤。他開價八千美元，這價碼已經夠讓我立即開口答應，但我腦中跳出一個葛雷哥萊畢克式的點子。我跟沙塔拉瑪希亞先生提議明早十點半在那塊地碰面。他聽起來很失望。

「金凱小姐，我要你明天跟我到聖伯納郡走一趟，到郡公所複印些資料。」我其實很有興趣看看父親花了多少錢買這塊地。我父親的任何作爲，即便是簽名，都自然是我追尋的線索。

「聖伯納郡？」在我的莎朗耳中，一個尤福拉來的新鮮人聽起來，我剛說的地方跟法國聖米歇爾山沒有差別。

「我們一點會回到這裡。」

「只要我明晚七點半能回到上城區就行了。」

現在我臉色跟葛雷哥萊畢克一樣猙獰，而且這次不是鬧著玩。搞什麼鬼，才來紐奧良三個禮拜，她就已經有約會對象了？

# 2

過了營業時間還有顧客上門，我離開辦公室時天色已晚。不像市中心的證券經紀人，我們大部分的客戶都是店主和受雇人員。賺錢是我成就感的來源之一，就連莎朗或《古沙國遊記》都不能妨礙我。昨天讀到沙漠高原地帶的哈里部族時，另一個想法浮現在我腦海。這想法美妙的地方在於不只能賺錢，也應該能讓我跟莎朗更親近，明天就跟她討論看看。我的想法基本上是關於改善公司的門面。公司現在看起來就像個迷你銀行，有哥林多式的方柱與門廊，窗上還有渦卷狀的鐵製窗欄。公司寶號：卡特洛、克勞斯特曼、勒基爾聯合證券，是用哥德文體寫的，下方則用較小的字體標示我們所代理的波士頓共同基金名稱。看上去遠比香緹利現代化的銀行要守舊許多，彷彿在向世界宣告：現代手法無疑優異先進，但這裡良好的老派經營手法讓人安心，而且穩健中又富有想像力；我們秉持新英格蘭的老派作風，再融合了一點克里奧爾的格調；巴森農神殿式的門面花了一萬二，佣金因此要加倍；裡面所見的年輕人很明顯集誠信正直於一身，他別無所求，竭誠只望能為您規劃未來。這千真萬確，我別無所求。

太陽已然西沉，但天色依然明亮，東方泛著蘋果綠。煙霧多半都已散去，只剩謝夫夢特上空還有塊拇指大的煙燻痕跡。夜鷹在人行道附近暖和的空中獵捕昆蟲，牠們先是俯衝而下，發出敲擊般叩——叩的叫聲，再盤旋爬升到明晰的高空。我在樂園道街角駐足，跟奈德戴格買了份報紙。奈德是退休騎師，長得跟里歐卡洛（Leo Carroll）相當神似，只是年老乾癟了點。「嗨呀，小傑克。」他用夜鷹般嘶啞的低音招呼，說完就拿著折疊好的報紙，跑去沿車兜售。他趁紅燈時穿梭在大馬路的車陣中，通常能在燈號變換前賣出半打報紙。奈德認識當地所有販夫走卒，包括地痞流氓。跑馬季期間，常會帶著他們到我辦公室來。不知爲何，他認爲我的證券經紀公司是個良善、值得獎勵，某種類似教堂的機構。那些地痞流氓也是，其中一些人還替子女買了成長基金。朱勒姑父要是知道某些投資信託基金持有客戶的身分，肯定會大吃一驚。

「小傑克，嘉年華當日天氣應該會不錯吧？」

我們站在水泥分隔島上，被雙向車流包圍。燈號變換，奈德再次跑進車陣中。

傍晚是香緹利最美妙的時刻。這裡沒有那麼多樹，建築物也不高，仰頭望去盡是天空。天空是深邃明亮的海洋，充滿光線和生命。一朵馬尾狀的捲雲高懸在墨西哥灣上。湖區高空朱鷺排成破碎的V字形朝沼澤地飛去，穿過夕陽餘暉時突然都變成白色。褐雨燕在天上發現一片多風地帶，吱吱喳喳順風而下，速度快到讓我一開始以爲是有蟲子劃過眼皮。蘋果綠的邊緣，一架洛克希德星座型螺旋槳客機自墨比爾方向逐漸下降，夜航燈在薄暮中閃爍。轎車、灰狗巴士、柴油船隻都隆隆響著，朝墨西哥灣開去，亮麗尾燈像紅寶石般在漸暗的東方閃耀。多數商家都已人去樓空，只有加油站還有人員在明月星空下，沖洗著水泥地。

回家路上我在緹弗利電影院停下腳步。正在上映一部珍鮑威爾（Jane Powell）的電影，我無意觀看。

然而，戲院經理金塞拉先生看到我，拉著我的上衣袖子要我進去試看一下。他說這部片真的很討喜，誠心推薦。畫面上珍跟某個傢伙手挽著手，昂首闊步走在街上，接著舞動四肢，唱起歌來。門房、街角警察、計程車司機，每個人都沉浸在屬於自己的不幸中，微笑著用腳打拍子。我很少因爲一部電影感到沮喪，何況珍鮑威爾又是那麼漂亮的女孩，但這部電影的絕望深入人骨髓。環顧戲院，金塞拉先生也有他的煩惱。只有幾個形單影隻的觀眾，散佈在午後幽暗鬼魅的戲院裡，各自沉浸於自身的不幸，珍有沒有登場都無所謂。出戲院的時候，我停在售票窗前跟馬可太太閒聊，她是個黝黑瘦弱，滿腹憂慮的女士。自從我搬來香緹利後，她就一直在這裡工作。她並不喜歡電影，所以也不覺得這工作有何樂趣（儘管她每晚都可以看最新的片子）。我跟她說這是個很好的工作，我也多麼希望能夜復一夜，年復一年坐在這裡，看著夜色降臨樂園道。但她老認爲我在開玩笑，並轉而談起她兒子在空軍的發展。她兒子駐紮在亞利桑那州，而且討厭沙漠。聽到這話我很遺憾，因爲我倒是很想待在沙漠，不過我還是興致勃勃地聽著。看電影之前，我有必要對電影院或管理的人有番瞭解，得先建立一點關係才能踏進去。我就是因此認識了金塞拉先生，跟他聊了一下戲院業的情況。我發現大多數人都沒有說話對象，或者說沒有願意好好傾聽的人。當一個人終於明白你是真的願意聽他高談闊論，那臉上浮現的表情真是頗值得一觀。別誤會我的意思，我不是濫好人荷西法拉（Jose Ferrer），整天帶著小哨子到處逗人開心。那種慈善人士不會真的想聆聽，不會像我這麼自私。他們與人爲善，害自己無聊得要死，而他們的聽眾也沒有真的爲之精神一振。舉出一個濫好人鼓舞老太太的例子給我，我就能再舉出兩個身處於絕望中的人。母親常告訴我要無私，但我對這忠告感到懷疑。不，我這麼做是出於自私的原因。如果不跟影院老闆或售票員談話，我會迷失，抽象點說是會無所依憑。我會看到一部可能在任何地點、任何時間放映的電影拷貝。抽離了時間和空間有其危險，很有可能成爲遊魂，不知自己身在丹佛市中心的洛茲電影院，還是傑克森維爾郊區的珠寶戲院。所以我不得不這樣做。

然而我是在緹弗利電影院這裡，才頭一次找到空間跟時間，並當秋葵般仔細品嚐。幾年前《紅河谷》（Red River）上映期間，我開始對所坐的特定座位、售票亭的女士等等，萌生幽微的好奇心。當蒙哥馬利克里夫（Montgomery Clift）赤手空拳痛揍約翰韋恩，這荒謬的一幕上演時，我用拇指指甲在座椅扶手上刻下記號。不知道這塊特定的木頭二十年後會在何方？五百四十三年後呢？十年前我曾經旅行穿越中西部，在辛辛那提停留了三小時，有足夠時間到附近一家叫艾爾塔蒙的社區影院，看約瑟夫考登（Joseph Cotten）的《休假日》（Holiday）。不過在此之前我先跟售票員熟捻起來，是位名叫克拉拉詹姆士的老婦，告訴我她有七個孫子全住在辛辛那提。我們現在還會互寄聖誕卡，詹姆士太太是我在全俄亥俄州唯一認識的人。

我回到住處時，一眼就看見姑媽的信夾在紗門的鋁海鷗裝飾上。我很清楚那是什麼，其實不算是信，而是便條。通常在我們促膝長談之後，她有了新的想法，迫不及待想要傳達時，我就會收到。有時候也會在出人意料的時候接到。她在我身上花了很多心思，真希望我能多取悅她一點。

不過在我讀信之前，謝克斯奈德太太下樓來，將她的《讀者文摘》借我。

謝克斯奈德太太是名短小精悍的金髮女士，一年四季都穿著運動鞋。她對我很好，把所有東西都整理得有條不紊。這可憐的女人相當孤單，除了老是來屋裡整修的油漆工、木工、水電工之外，誰也不認識。她在紐奧良生活了一輩子，卻無親無故。有時候我會陪她看電視，共享一瓶紅酒，聊聊麥克多諾青少年學習營，那是她這輩子最快樂的時光。她的電視有第十二頻道，而我的沒有，也因此才有藉口陪她。她是益智節目的忠實觀眾，忠實到感覺自己真的認識那些參賽者。有時我甚至會慫恿她一起去看電影。她人生中最大的恐懼之一是黑人。儘管香緹利這一帶很少看見黑人，我們的小庭院依然被八呎高的防風柵欄環繞，每扇窗戶都上了閂。這些年來她養了三條狗，據說每隻都對黑人懷有特殊的敵意。我對狗有這種歧視沒什麼意見。據我所知，謝克斯奈德太太的恐懼也情有可原。可是，這三隻都是不馴的野狗，更糟的是牠們也對我有敵意。其中有一隻我特別厭惡，是隻橘色的畜牲，有張狐狸般的臉，羽毛狀的尾巴捲到背上，露出螺旋紋路的大肛門，我都叫牠老菊花。牠通常只是斜著眼看我，揚揚嘴而已。但有一個多霧的夜晚，牠從杜鵑花叢中穿出來，在我腿上咬了一口。之後當我知道謝克斯奈德太太不在家，就會朝牠肋骨狠狠踹上一腳，讓牠哀號半天。

「我幫你圈了一篇很有趣的文章。」她很快地說，一副馬上要離開的樣子，好顯示她不是那種老愛打擾房客的女房東。

拿到雜誌我很高興。文章的確很有趣且溫馨，講述平常互相討厭或至少漠不關心的人們，發現彼此有很多共通之處。我想起似乎曾經有篇文章，講到紐約的地鐵故障，讓原本埋頭在報紙上的乘客開始彼此交談，發現同車乘客原來跟他們一樣是人，有相同的希望和夢想。文章結論是，全世界的人多半都一樣，即便是紐約客也不例外，只要給個機會，就會發現彼此更能互相欣賞而非厭惡。一位孤獨老男人興奮地跟一位年輕女孩談他在窗台種鳶尾花的嗜好，她則將藝術生涯上的夢想與希望告訴他。我必須同意謝克斯奈德太太，這樣的插曲的確很溫馨。不過另一方面，身處在那種情境中則會讓我緊張。說老實話，如果我是那個年輕女孩，才不會跟湯瑪斯米契爾（Thomas Mitchell）在電影中扮演的那種和藹老哲人說話。這類傢伙在我看來都很可疑。

但是我現在沒辦法讀文章，姑媽的信不容耽擱。她老是在替別人著想，是我所認識唯一真正不自私的人。每當她讀到或想到什麼對其他人有益的東西，通常會即刻寫下來並寄給他們。沒錯，這是張便條，沒有問候語或署名，只有單獨一段粗黑歪斜的字跡。

身為羅馬人，身為人，無時無刻從容思考，秉持純粹完美的尊嚴腳踏實地，胸懷情感、自由、正義。羅馬皇帝馬可士奧里略安東尼努斯這句話深得我心，對再頑劣的年輕子弟都是很好的箴言。

我的住處像旅館房間一樣沒有人味，我很小心不要積聚個人物品。我的圖書就只有這麼一本《古沙國遊記》，電視好似需要投幣才能看。床頭牆上掛著兩張人們在中央公園溜冰的風情畫，那些小小人形看起來多可悲，整齊劃一地溜著。那城市又是多麼可悲！

我打開電視，上半身挺直，手擱膝蓋，坐在電視機正前方的梯型靠背椅上。正在播狄克鮑威爾（Dick Powell）演的一齣戲，他飾演一名憤世嫉俗的金融家，想要掌控一個小鎮的報紙，但是被鎮民的真誠和善打動，連他想摧毀的編輯都很善待他。他欺騙了那個編輯，害他心臟病發，最後去世，即便如此編輯依然極端友好，還找機會跟鮑威爾分享他單純的哲學。「我們不是什麼了不起的城鎮，」編輯臨終前，蹣跚地站在永世的邊緣說道，「但我們友善待人。」最終鮑威爾被這些好人感化，不再企圖掌控報紙，還請了編輯的女兒擔任記者，助他對抗政治腐敗。

該去接凱特了。

# 3

今晚，週四夜晚，我成功完成了一次再現的實驗。

十四年前，我還是大二學生時，在弗雷烈街上的電影院看了一部西部片。那間電影院常有學生出入，都稱那裡為「腋窩」。我看的電影是《無法無天》（The Oxbow Incident），拍得相當好。差不多就是在此時節看的，我還記得出戲院時聞得到水蠟樹的香氣，腳下踩著樟樹果實。（所有電影都帶有一個地區、一個季節的氣味：我最早接觸的電影之一，《西線無戰事》（All Quiet on the Western Front），是一九四一年八月在密西西比州阿可拉看的。看的時候我被夏日夜晚喧囂的黑暗，及棉花子入菜的香氣所包圍，感覺不僅恰如其時，且是非如此不可。）昨晚我在報紙上注意到有另一部西部片在同一家戲院上演，所以我開車到姑媽家，再跟凱特搭電車到聖查爾斯大道，接著徒步穿過校園。

什麼都沒變。我們在戲院坐下，我應該是坐同一張椅子。出戲院後水蠟樹的氣味飄來，樟樹果實落在裂開的人行道上，位置完全相同，然後在腳下迸破。

成功的再現。

什麼是再現？再現是重新搬演一次過去的經驗，直到最後已然消逝的時光碎片被剝離出來，能夠被單獨品味，而沒有平常像黏牙的花生糖般附著在時間上，那些不相干的瑣事。比如上禮拜，我無意間經歷了一次再現。我在圖書館隨手拿起一本德文週刊，注意到其中有頁妮維亞乳霜的廣告，一個女人抬臉向著陽光。於是回想起二十年前，在父親書桌上的一本雜誌裡，也見過相同的廣告。同樣的女人，同樣有氣質的臉，同樣的妮維雅乳霜。霎時二十年間所有事，三千萬死亡、數不盡的痛苦磨難、流離失所，全都煙消雲散。不可能有什麼了不起的事情發生，因爲妮維雅乳霜秋毫無改。只有時間本身留存下來，像一大塊不會黏牙的花生糖。

那麼，《無法無天》之後，我這十四年時光嚐起來又如何呢？

一如往常，我無法明確回答。我對那些老舊的座椅感到可笑，夾板分裂，坐墊傷痕累累，卻依然屹立不搖，彷彿在等著看這十四年間我做了什麼。而我也隱隱感到好奇，對它們的屹立好奇，對無盡的夜晚，那些下著雨的夏日深夜，十二點、一點、兩點，這些座椅在空蕩蕩的戲院兀自屹立感到好奇。這種堅忍不拔有其意義，不能視而不見。

「現在去哪裡？」凱特問，她在遮雨棚下跟我比肩而立，摳著大拇指，凝視著眼前的黑暗。

「隨你高興。」

「繼續你要做的事。」

「好吧。」

她下午去看了莫爾明克醫師，似乎因此感覺好了些。醫師贊成她跟華特解除婚約，也暫訂好接下來幾次會面的時間。最重要的，她不再感覺自己站在深淵的邊緣。「但問題是，」我們坐在電影院中等待熄燈時，她陰沉地說道，「我在醫生面前總是在最佳狀態，他們都被我迷住了。我病的時候感覺還不錯，只有當我一切正常時才……」現在在樟樹的陰影下，她突然停下腳步，雙手抓住我的手臂。「你有沒有發現，只有在疾病、災難或死亡時，人們才真實？我記得車禍那時候，人們都好親切、好熱心、好實在。每個人都假裝我們在此之前的生活都跟當下一樣真實，而未來也一定同樣真實，但事實上我們的真實都是藉由萊爾的死才得以存在。一個小時之後，我們又將再度淡出消逝，各自步上模糊不清的前程。」

我們漫步於黑暗的校園步道，在實驗室後面雜草叢生的門階停留。我坐在水泥階梯上，什麼也沒想。凱特將滲血的拇指放進嘴中。「這是什麼地方？」她問。步道上的一盞燈在樹一般高的灌木叢間散發金黃色光暈。

「我有四年時間，每個下午都在上面其中一間實驗室度過。」

「這是再現的一部分嗎？」

「不是。」

「追尋的一部份？」

我沒回答。她只能以自己的概念來理解我的認真，相信那是一種古怪的執著，根本不是什麼認真，而是僞裝成認真的絕望。我不會跟她多談這些事，因爲她已經先入爲主地將之理解成一種文雅的怪癖，就像她過去常談到的室友：「波波是個怪異的女孩。你知道她喜歡做什麼嗎？收集鹿的鐵像。她找出威斯卻斯特郡所有鐵製鹿像的位置，每個月都會虔誠地巡迴拜訪它們一次，就只是停在一旁看著它們。她甚至幫每頭鹿取了名字，有特圖里安、阿奇波麥克李許、阿芙蘭登。她是相當認真的。」我對波波這種女孩，或收集威斯卻斯特郡的鹿像這類古怪行徑，都完全沒興趣。

「你幹嘛不坐？」我惱怒地問。

「你說縱向的追尋是……」

（經她一提，我惱怒難道是因爲我真的聽起來像波波和她那該死的鹿像嗎？）

「如果你走進實驗室大門，那就是一種縱向的追尋。你可以研究一個標本、一立方公分的水、一隻青蛙、一撮鹽、一顆星。」

「多識鳥獸草木之名？」

「還有追尋的興奮感。」

「怎麼會？」

「你越深入追尋，越跟萬物融爲一體。使用的方程式越來越少，能理解的樣本卻越來越多。這自然會讓人興奮。當然你永遠都會在追求那個更高的真理、新的鑰匙、秘密的支點，而這正是最棒的地方。」

「你身在何處或你是誰都不重要。」

「不重要。」

「而危險是會變得無以爲名，無處容身。」

「算了。」

凱特用她強烈的男性理智分析著，然而其中帶有女性的絕望，因此我小心翼翼不要比她更認真。

「另一方面，如果你坐在這裡，從垃圾桶中撿起一個小殘骸，一個被丟棄的樣本，其中還是有些東西留存，對吧？比如某種線索？」

「對，但我們別討論這個了。」

「你真是個冷酷的人。」

「跟你一樣冷酷嗎？」

「更冷酷，跟墓穴一樣冷。」她邊走邊撕著拇指上的碎皮，我默默無語。只要一點小事就會讓她對我發動言語攻擊，她認爲這是直言不諱。「有可能你忽略了某樣東西，最明顯不過的東西。到時候你是怎麼跌倒的都不知道。」

「什麼東西？」

她不會告訴我。在電車上她反而變得對我爽朗溫柔，手臂緊攬著我的腰，在我唇上吻了一下，平板的棕色眼睛望著我。

# 4

我回到香緹利已經過了半夜兩點，然而天還未亮就突然驚醒，剩餘的夜晚都半夢半醒地躺著。我很多年沒有呼呼大睡了。自從在戰爭中昏迷了兩天之後，就不曾如孩子般人事不知地一覺到天亮，醒來又是個嶄新的世界，連何時上床的都不記得。我隨時都知道自己身在何時何地。每當感覺自己要沉入熟睡之中，總是有東西提醒我：「別睡，要是你睡著了，結果發生什麼事，那怎麼辦？」會發生什麼事嗎？顯然什麼都不會發生。但我仍然躺在那裡，像衛哨一樣保持警醒，耳朵聽著任何風吹草動，我甚至聽得到老菊花在杜鵑花叢間來回穿梭。

黎明時分我穿上衣服，悄悄溜出門，連狗都沒驚動。我朝著湖的方向走。現在幾乎算是夏夜了，濃重暖和的空氣從墨西哥灣向北推移，但土地還留有冬天的記憶，浸漬在冰冷潮濕的露水中。

這種時刻很適合在郊區散步，人行道上杳無人跡，連騎三輪車的小孩都不見蹤影。水泥地就像剛鋪上的那天一樣嶄新，雜草從縫隙間抽出。

越接近湖區，房子就越貴。小屋、平房、雙層公寓都已經被拋在後面，周圍是價值五六萬美金的時髦大宅，有種在磚砌花圃中的絲蘭和澳洲松樹，及各具法國鄉間或路易斯安那殖民地風格的裝飾品。游泳池像間歇泉般散發著蒸氣。這些宅邸在陽光下看起來很氣派，漂亮的顏色、完美的草坪、清潔通風的車庫都讓人感到愉悅。但我注意到在破曉的此時此刻，這些屋子顯得荒涼，一股哀悽彷彿從湖上飄來的霧氣籠罩其上。

我父親過去也常受失眠之苦，我對他所剩不多的回憶之一就是他在晚間的徘徊。那個年代休憩涼台被認為有益健康，所以我父親也設了一間，裝了紗窗和向上拉的帆布窗簾。史考特和我即使是最寒冷的夜晚都會睡在那裡。父親難以入眠時，會跑來跟我們同睡。他像頭受傷的野獸翻來覆去，時睡時醒，呼吸的氣息吹送過剛硬的鼻毛彷彿奏著音樂。天亮之前他就會回到屋內，留下凌亂不堪的床，散發出一股酸臭的氣味，我相信這味道是當時稱作「卡他」的一種鼻膜炎所造成。涼台沒有起作用，於是他去休閒用品店買了野外睡袋，轉移到玫瑰花園去睡。就在天剛破曉的時刻，我會被一個巨大的聲響吵醒，是我爸穿過紗門進屋，腋下夾著睡袋，雙眼因疲勞和曙光乍現的悲哀而渙散。我母親雖是出於無意，卻比這淒涼的黎明時分更有效擊垮了父親入睡的希望。她能夠用幾句話總結他的所作所為，讓他的心為之一沉。我知道父親夢想有一個地方，能在星空下枕著芬芳的土地，靜靜呼吸，沉沉熟睡。母親也同意：「老公，我完全贊成，我們都應該回歸大自然，我會跟著你，只要沒有跳蚤，我受不了跳蚤。」她讓父親像另一個搞笑天王艾德加甘迺迪（Edgar Kennedy）（他那時候都拍短片），帶著最新式的露營裝備，在樹叢裡到處敲敲打打。她覺得與其跟冷颼颼的清晨鬥氣，不如一笑置之。但之後回歸大自然的事就再也沒被提起過。

父親犯了一個錯誤：努力想要睡著。他認為人每晚都得睡足固定幾個小時，呼吸新鮮空氣，吃進一定的熱量，規律地排便，擁有刺激的嗜好（那是一九三零年代，每個人都相信科學，都在談論內分泌腺）。我不會努力去入睡，也沒辦法告訴你我上次排便是何時，有時候腸胃一個星期都沒動靜，但我對這種事不感興趣。至於嗜好，有刺激嗜好的人都會陷入最嚴重的絕望之中，因為在絕望中才能感到平靜。我像個鬼魂一樣靜靜冥想，不試著入睡，而是在黎明時探索這郊區的幽秘。為何這些豪宅在一天中的此刻顯得如此破敗？其他房屋，譬如新墨西哥州的泥磚屋或費利西安納郡的木造房，白天晚上看起來都一樣。但這些新宅看起來像是鬼屋，就連這裡的教堂看起來都鬧鬼，它們被什麼幽靈纏住了嗎？我可憐的父親。我可以看見他跌跌撞撞穿過搭好的帳篷，拖著他的野外睡袋，像是拖著希望死去後的屍體。

我回到屋裡時，陽光已在背上加溫。我在車庫和房子間一條溫暖的死巷中舒展了一下筋骨，老菊花眼神輕蔑地看著我，然後一直打盹到九點鐘開市。

# 5

被老菊花的吠叫聲吵醒，是郵差來了。老菊花感覺到我在看牠，豎起眉毛回看，卻不跟我四目相接。牠撇開頭，假裝在舔舐嘴巴，但嘴唇卻是乾的，唇邊卡著一顆暴牙。可真是自找難堪。

對街學校的孩童在像鸛的修女前排著凌亂的隊伍，女孩子穿藍色小喇叭裙和背帶，男孩則穿著有點單調的卡其服。他們在鴿子圖案下邁步行進。晨光照耀在搖浪台和攀爬架晶亮的金屬上。那些堅固結實的鋼管，因爲數千個包覆著藍裙和卡其褲的小屁股不斷摩擦，泛著銀色的光澤。

郵差送來一封來自芝加哥哈洛葛雷布納的信，是小孩的出生通知，哈洛請我當他孩子的教父。卡片是用以下的方式宣布喜訊：

貨到付款包裹一份

總重：七磅四盎司

易碎品，請帶著關愛謹慎處理

哈洛葛雷布納大概在亞洲救過我一命，也因此他很愛我。我只要收到信，幾乎可以確定是哈洛葛雷布納寄的。我已經不再跟人通信了，除了哈洛以外。服役的時候，我會寫感性雕琢的信給姑媽，描述對各個國家和人民的觀感。我會像這樣寫：

日本這個時節極為美麗，想到要上戰場實在古怪。並不會恐懼，因為我鴻運當頭，反而感到讚嘆。讚嘆萬事萬物是如此充塞著瞻望，在一聲聲滴答走動的鐘錶裡，在一朵朵綻放的杜鵑花裡。托爾斯泰和聖艾修伯里對戰爭的看法沒有錯。

我真是標準的年輕魯伯特布魯克，「……充塞著瞻望。」噢，這種空話還潛伏在英語的靈魂中。不知何時，英語靈魂被注入了空泛的浪漫主義，幾乎要將其扼殺了。我父親就是因此喪命，因爲英文的浪漫主義，以及一九三零年的科學。我在筆記本上寫下：

探索浪漫主義和科學客觀性之間的關係。一個擁有科學心智的人變成了浪漫派，是否因為他被自己的科學所遺棄？

我得回信給哈洛，但寫了兩行我就寫不下去了，文句毫無光采。

親愛的哈洛：感謝你邀我做孩子的教父，然而我並非虔誠的天主教徒，很懷疑能否勝任。但我無疑很感激……

無疑很感激。撕了吧。

# 6

有件怪事。從星期三開始，我就變得對猶太人很敏感。這其中有某種線索，但我不清楚是關於什麼的線索。我怎麼知道的？因為每當我接近猶太人，腦中的蓋格計數器就開始像機關槍一樣噠噠噠地響；等我小心翼翼、提高警覺通過之後，計數器才會平息。

我對猶太人的共鳴不是頭一遭。我還有朋友的時期，作神智學者的埃德娜嬸嬸注意到我所有的朋友都是猶太人。而且她還知道為什麼：我前世是猶太人。或許真是如此。無論如何，我天性上就是個猶太人，我們同樣在流亡。實際上，我比所認識的猶太人更像猶太人。他們比我更安逸，而我接受我的流亡。

我猶太天性的另一個證明：前幾天一名社會學家指出，單獨看電影的影迷中，有相當大的比例是猶太人。

猶太人是我第一個確實的線索。

當一個人陷入絕望，眼中沒有任何追尋的可能時，即使在街上跟猶太人擦肩而過，他也不會注意。

當一個人成為科學家或藝術家之後，將面對一種不同的絕望。這種人在街上跟猶太人擦肩而過時，他也許會注意到什麼，但不會是什麼驚天動地的相遇。在他看來，猶太人要嘛跟他一樣是科學家或藝術家，不然就是可以拿來研究的樣本。

但是當一個人覺醒到追尋的可能時，頭一次在街上遇見猶太人，簡直就像流落荒島的魯賓遜在沙灘上看見了腳印。

# 7

一個美麗的星期五早晨，偕同莎朗到聖伯納郡，一次成功的出遊。

莎朗仔細端詳我的ＭＧ跑車。上車之後，她就明白表示，不管是什麼車，都別想胡來。她要如何清楚表達這種事，又要如何在跑車上正襟危坐呢？就靠她南方女性的故作矜持。「這輛小車真可愛！」她哼著歌，然後又突然心不在焉，歌聲越來越微弱，手放在頸背上，頭向前傾，用眼角眺望著街道，眼神中帶著女性的冷酷。接著又似乎帶著歉意坐直身子說：「這真的比打字好多了，嗯嗯！」聲音單調微弱，一如她在尤福拉的黑人褓姆。南方女孩會從褓姆身上學很多東西。

我們跟沙塔拉瑪希亞先生碰面，怪事發生了。

首先，我們立場顛倒，沙塔拉瑪希亞先生很自然地開始跟我介紹起他想買的土地，變成他在帶著我認識自己的地產，甚至還指出優點所在。獵鴨俱樂部早已不知所蹤，我的祖產現在一邊被住宅區圍繞，另一邊則是警方靶場。老實說，這塊地讓我想起偵探雜誌上犯罪現場的照片：灌木叢生的荒地，幾路羊腸小徑穿越其間，還有一兩條可疑的車痕。每一吋空地上都有綠色的新芽萌發，彷彿在黑色泥土上形成綠色的黯影。這裡已經像夏天了，知了在野草間嗡嗡叫，白晝顯得漫長。

我們把車停在林間空地（這是輛飽經風霜的好車，有紅色鋼板和陳舊芳香的皮革。我用手拂過車側結實的英國鋼板，像在撫摸一頭母馬。），爬上一座圓丘，沙塔拉瑪希亞先生站在我倆之間。他拿著頂鬆垮垮的草帽在背後甩，散發出一股棉花的苦味。他與其說是義大利人，其實更接近南方鄉下人，像個來到教堂的阿拉巴馬農夫，乾淨卻又憔悴。

「俱樂部會所原本在這裡，他們稱作狂嘯營。」我跟莎朗說。她眨著眼睛，不為所動地站著，一副沉浸在自己的世界中，世事與我何干的樣子。這地方充塞的靈氣與悲哀，夏日復返的綠色黯影，她都毫無所覺。她唸的是尤福拉高中，不過她覺得哪裡其實都一樣（所以她可能也曾經參加校外教學到華盛頓，呆站在國會圓形大廳中）。她也沒錯，畢竟她的人生如此美好，何來悲哀？「我曾經跟父親和伯父來過這裡一次。他們不肯買床，所以我們睡在地板上，我睡在他們兩個中間。那時候我有支新的英格索手錶，睡覺時脫下來，放在頭旁邊的地板上，結果晚上伯父一翻身把它壓壞了。這成為家族裡一個有名的故事，一個笑話，只要說到他怎樣翻身翻到了我的錶上，人家就會像群德國人般哈哈哈地笑。聖誕節時他送了我一支新錶，是支金色的漢米爾頓。」莎朗雙腿叉開站著，像個女兵一樣穩。「我還記得父親什麼時候建了那間會所。在那之前他讀了法布爾的書，突然想培養一點有趣的科學嗜好。他去買了個望遠鏡，有天晚上把我們叫到戶外，讓我們看獵戶座的馬頭星雲。不過之後望遠鏡就束之高閣了。接著他開始讀布朗寧的詩，認為自己需要多跟人接觸，就是那時候他設立了獵鴨俱樂部。」

「與子偕老，幸福可期*。」莎朗說。

「沒錯。」

沙塔拉瑪希亞先生變得有點焦躁，搓著背後的帽子。他的指甲寬大，半月狀的白色基部幾乎佔去整個指甲。「那不是你父親建的，是安西法官建的。」

「是嗎？你認識他們？我不知道你……」

沙塔拉瑪希亞先生回答時可憐兮兮，頭也沒抬。這是個簡單明瞭的事實，他難以置信我們竟然會不知道，每個人都知道。「是我幫他建的。」

「你怎麼認識他的？」

「原本不認識。聖誕節前有天早上，我剛要結束店裡的工作，安西法官走了進來，開始跟我說話。他說……」沙塔拉瑪希亞先生神秘地微笑了一下，頭垂得更低，鼓起勇氣回想他用的字眼。「……『你叫什麼名字？』對，『你叫什麼名字？』我把名字告訴他，他說：『這間店是你蓋的嗎？』我說，沒錯。我們聊了一陣子，然後他看著我說：『告訴你我想請你幹嘛。』他開了張支票，說道：『這是張一千美金的支票，我要你幫我蓋一間木屋。來，我帶你去看要蓋在哪裡。』於是我說，好啊。然後他說……」沙塔拉瑪希亞先生等著確切的字眼自然從他口中流出，「……『走吧，文斯。』好像他跟我要去做什麼大事一樣。

＊此乃引用羅伯特布朗寧詩句

他這輩子從沒見過我，突然走進我的店，就開了張運河銀行的千元支票給我，而且接下來六星期都沒回來看過。」

「他喜歡那棟屋子嗎？」

「我想他很喜歡。」

「我懂。」我懂，曾有那麼一個時代，有那樣的一群人（沙塔拉瑪希亞先生也笑著回憶）。只要跟人說一聲，這樣這樣做，事情就會如期完成，而且皆大歡喜，回想起來都還會感到愉快。「你一直都住在這裡嗎？」

「我？」沙塔拉瑪希亞先生首次抬起頭，「我才來三個禮拜！十一月來的。」

「你是哪裡人？」

「我在恩斯利長大，靠近伯明罕，但是一九三二年那時候，世道實在艱難，於是我開始到處跑。我去過四十六個州，除了華盛頓和奧勒岡州，幾乎都跑遍了。四處碰運氣，不過從來沒挨餓。一九三四年我到紫羅蘭市投靠哥哥，然後就定下來了。」

原來沙塔拉瑪希亞先生是個建商，而且擁有隔鄰的住宅區。他做得很成功，現在想要我的獵鴨俱樂部做增建。我問起他蓋的房子。

「你想看看嗎？」

我們跟著他沿一條小徑來到蓋滿漂亮平頂屋的工地。他堅持要我們參觀其中一棟興建中的屋子。我興味盎然看著他拿大拇指劃過切開的覆蓋板邊緣。莎朗心不在焉，直挺挺地站著，眼珠子有點上吊，露出了眼白，眼神呆滯，顯得慵懶，就像艾娃嘉娜（Ava Gardner）還在北卡羅萊納州讀高中時的大頭照。

「你知道這塊板子裡有什麼嗎？」那水泥就像絲綢一樣光滑。

「不知道。」

「六號銅管。沒人會知道裡面有這玩意兒，但它會在裡面待很久。」我瞭解他這麼說不僅僅是單純出於誠實，想到一塊上好的板子裡包有上好的銅管，讓他感到自豪。

回到圓丘上，沙塔拉瑪希亞先生把我拉到一旁，拿著帽子指向東方。「你看到那條溝渠了嗎？」

「看到了。」

「你知道那會變成什麼嗎？」

「不知道。」

「那是通往墨西哥灣的潮汐運河。你知道我們的土地將會值多少錢嗎？」

「多少？」

「一平方呎五十元。」沙塔拉瑪希亞先生將我拉近，報著天大新聞般的口氣說。不管成交與否，這都是值得一提的消息。

稍後莎朗稱讚我很聰明，能誘他透露獵鴨俱樂部的真正價值。但是她弄錯了，這一切從我見到他那一刻，從他高興地談起過去時就開始了。他談起一九三二年開始的漫長漂泊，在黃石公園凝視老忠實噴泉，在通往西嶼的公路上工作，有幸不至於挨餓。跟我說這些往事讓他感到愉快，也樂於跟我共謀未來。是孤寂誘使他開口，讓我們能一同爲運河的消息稱慶，一同享受賺錢帶來的慰藉。金錢畢竟是人生一大樂事。

沙塔拉瑪希亞先生爲此暗自竊喜不已，他戳了戳我的肋骨。「波林先生，你知道我們該怎麼做嗎？你留下土地，我來幫你開發！你負責周邊工事，我負責蓋房子，我們一起賺大錢。」他滑稽地縮著身子。

「你覺得可以賺多少？」

「我不知道，但我可以告訴你，」沙塔拉瑪希亞先生抬腿跳著某種山羊舞，莎朗則站在林間的綠色黯影中作著白日夢。「我現在就可以給你一萬五。」

我們的名字就叫獲利。

莎朗和我駕車沿著河岸路奔馳。河水高漲，船隻的桅桿和煙囪沿著堤防上下起伏，就像是地球的引擎在運轉。

加油站裡，油桶罐間穿出的冬忍迎風飄盪。我站著俯視莎朗，看她把一罐可樂立在金黃色的膝蓋上，邊考慮該不該用推土機把那個圓丘夷平。這讓我回想起老蓋伯過去是怎麼做這類工作的，他知道如何看似辛勤認真，好像將女人這檔事拋在腦後，卻依然能用一個簡單的姿勢讓女人心動：汗水淋漓地站著，雙手插在背後口袋中。

能跟莎朗同行，順道賺錢，又裝作一副不在意她的樣子，這一切都充滿樂趣。至於莎朗，她渾然不覺地坐在小跑車座椅上，雙膝交疊，映著陽光，裙邊塞在膝下。一滴琥珀色的可樂沿著她的大腿緩緩流動，碰觸到一根金色毛髮，在膝窩附近四散。

「啊啊……」我大聲呻吟。

「怎麼了？」

「側邊突然一陣刺痛。」是一陣心痛啊。

莎朗一手遮陽望著我。「波林先生？」

「怎樣？」

「你記得沙塔拉瑪希亞先生最早開的價嗎？」

「八千塊。」

「他原本真的打算坑你。」

「他不會啦。但要不是因爲你，我早就用八千塊賣了。」

「我？」

「是你讓我走了這一趟。」

她半信半疑，瞇著一隻眼睛陷入沉思。

「知道你幫我省了多少錢嗎？或該說是幫我賺了多少？至少七千塊，或許還不止。我得給你一成分紅才行。」

「你不用給我任何錢，小夥子。」

我笑了，「爲什麼？」

「我不拿任何人的錢。」（她發覺不妥，故意說的含糊）「我有很多錢。」

「你有多少錢？」

「別提了。」

她將腳彎曲成某個巧妙的角度，使可樂罐得以立在膝頭上。多麼讓人讚嘆的構造啊，那肌肉和骨骼、那起伏轉折，全都籠罩在金黃色的光澤中。

我像老蓋伯一樣渾身大汗地回到家，將她拋在腦後，卻慾火焚身。她倒是很愉快，因爲可以安安靜靜不用說話。我注意到如果得不斷交談會讓她感到不自在。

她後來只多問了一件事，歪著頭，低著眼，問道：「郡公所那邊呢？」

「現在太晚了。讓你白跑一趟，真抱歉。」

「聽著，」她大聲說，聲音在尤福拉都聽得見，「我度過了很愉快的一天！」

# 8

每個星期五，所有卡特洛的經紀人都要回總公司參加午餐會報。檢討一週的業務，報告績效，分析師會說明市場情況和近期重大事件。但是今天商業上的議題談得不多，嘉年華迫在眉睫，日日夜夜都有遊行和舞會。已經有一打的遊行隊登場過了，普羅透斯、雷克斯、科慕思等遊行隊蓄勢待發。公司負責人和經紀人都同樣雙眼充血、魂不守舍。今晚伊伯利亞遊行隊的國王和皇后會是誰，大家議論紛紛（卡特洛、克勞斯特曼、勒基爾聯合證券的大部分職員，不是隸屬於海神遊行隊，就是伊伯利亞遊行隊）。公認伊伯利亞遊行隊的國王會是詹姆士（矮子）瓊斯，中灣區公用事業公司的董事長；皇后則會是溫姬奧利博，南方相互保險公司負責人普勞奇奧利博的千金。這樣的組合廣受歡迎，我可以作證，兩位老闆都是能幹、討喜又謙遜的人。

星期五午餐過後，有時朱勒姑父會希望我到他辦公室聊聊。他會將面向走廊的門敞開，好讓我看到他正坐在辦公桌前，自然要停下來打聲招呼。今天他似乎特別高興見到我。朱勒姑父很善於使人感到放鬆，儘管擁有一間大辦公室，裡面擺了張古董桌和艾蜜莉姑媽的巨幅肖像，而他又是個大忙人，但仍能讓人感覺你們是不經意地在此巧遇，而他不會比你更自在。他隨處坐，就是不坐自己的座位；隨處辦公，就是不在自己的辦公桌前。他把我帶到角落，像個外科醫生般摸著我的肩胛骨。

「華歐今天早上來找我。」朱勒姑父暫時沉默，將頭朝後甩了甩，我知道這時要稍安勿躁。「他說，朱勒，我有壞消息要通知你。你知道那個開放式基金的代表大會嗎？就是你從不缺席的那個？我說，當然知道。」朱勒姑父低頭靠近我的胸膛，彷彿在聆聽我的心跳，我安靜等著。「你知道是什麼時候召開嗎？怎麼了，當然知道，三月中吧，我回答他。在星期二，華歐說。就是嘉年華那天。」朱勒姑父按著我的肩膀，不讓我出聲。「是嗎，華歐？喔，這提醒了我，你的入場劵在這裡，一路順風囉。」朱勒姑父身子彎得很低，我看不出他是不是在笑，但他的大拇指深深插進我肩窩裡。

「很好啊。」

「但接下來他說的話打進了我的心坎裡。他說，朱勒，如果你要我去，我就去，但你家裡就有個最合適的人選。那個渾小子傑克波林，他比卡隆德勒街上任何人都還要會賣開放基金。所以囉，你不是很在乎嘉年華，對吧？」他並不是真的相信我不在乎。至於他自己，他沒辦法想像嘉年華當天早上，除了波士頓俱樂部以外，地球上還有其他地方能待。

「不在乎，姑父。」

「那麼，你就搭週二早上十點半的飛機。」朱勒姑父以施恩時的嚴肅口氣說道。

「去哪裡？」

「去哪裡！這還用問，芝加哥啊！」

芝加哥。慘慘慘真他媽就一個「慘」字。我花上一千年也沒辦法跟朱勒姑父解釋清楚，這對我來說可不是小事。夜間跋涉數百哩，穿越整個國家，去到一個陌生的地方，空氣中有不同的味道，人們用不同的方式附著在這世界上。這對他來說沒什麼，對我可不然。他不在乎於紐奧良閉上眼睛，睜開眼睛時卻在舊金山；他在電報山上也能延續在卡隆德勒街時的思考。我呢，是幸運也是不幸，我瞭解異地的精氣會如何豐富一個人，或侵蝕一個人，但絕不會放任一個人。如果輕率地在眾多陌生城市間往來，毫不在意其中的風險，最終就會發現自己無以為名、無處容身。大好清晨，為何要老遠跑到密西根大道上徘徊，四周圍繞著五百萬陌生居民，每一個都在放射著自己的腦波？我要怎麼應付五百萬人放射出的腦波？

「我要你多建立點人脈。」朱勒姑父抬起頭，我們沉默了十秒。「等你回來後，我們在市區可能有些工作要交給你。」最嚴肅的語氣中宣告了莫大的恩惠。

「是，姑父。」我說，一臉洋洋得意，甚至連髮線都在顫動，好回報他的大恩大德。噢，真他媽的要命，兇殘險惡的芝加哥正等著我。全都結束了，我在香緹利的生活，我的追尋，我在樂園道那些快樂的黯影間不為人知的存在。

# 9

已經好一陣子了，我有種越來越強烈的感覺，人人都是死者。

當我跟人說話時就會有這種感覺。句子講到一半，這種感覺就會襲來：沒錯，毫無疑問，這就是死亡了。你無能爲力，只能呻吟，並盡快找藉口逃離。這種時候，交談的雙方就像是機器人，無從選擇口中說出的話語。我聽見自己或其他人說出：「我認爲俄國人是很棒的民族，但是……」或者，「對，你說北方人虛僞這千真萬確，然而……」這類的句子，而我心想：這就是死亡。最近，我只能不斷持續這種日常對話，因爲我的臉頰已經培養出自主意識了。星期三站在路旁跟艾迪洛威爾閒聊時，我就感覺有段時間是閉著眼睛在說話。

午餐會報之後，我在圖書館階梯上碰見表姊奈兒洛威爾。我偶爾會到圖書館讀讀自由派和保守派的刊物。每當我心情低落，就上那兒閱讀互有爭議的期刊。雖然不知道自己屬於自由派還是保守派，這兩派之間的仇恨卻仍能爲我重新注入生氣。事實上，我認爲這種仇恨是世界上爲數不多的生命跡象之一。這又是世上另一個顛翻倒覆的現象：所有親切討喜的人在我看來都如行屍走肉，只有心懷恨意的人似乎還活著。

我拿了本自由派週刊擱在厚重的閱覽桌上，從頭到尾仔細閱讀，看到作者言之成理的地方就點點頭。

說得好，老兄！我邊自言自語邊表贊同地晃著椅子。罵個痛快吧！然後起身到書架上拿本保守派月刊，換張新鮮冰冷的椅子坐，加入反擊行列。喔喔，我說，並緊握著座椅扶手。這就對了，正中要害！接著便離開圖書館，走到陽光底下，帶著滿足，脖子上一陣癢。

剛提到的奈兒洛威爾，她看到我，揮舞著．本書走過來。看來她剛讀完一本小說名著，而就我瞭解，那本書的觀點有些陰鬱悲觀。她生氣了。

「我一點都不覺得憂鬱！」她大聲說，「現在馬克和藍斯長大離家，我正在享受這輩子最棒的時光。早上修哲學課程，晚上在佩提特劇院工作。艾迪和我重新檢視彼此的價值觀，發現都非常經得起考驗。最出乎意料的是，我們擁有相同的人生目標，你知道是什麼嗎？」

「不知道。」

「貢獻一己之力，不管多微薄，只要能讓這世界更美好一點。」

「很好啊。」我有點不自在地說，身子在圖書館階梯上微微扭動。我可以一直跟奈兒聊下去，只要不注視她的眼睛。看著她的眼睛讓我感到尷尬。

「……我們把電視送給了小孩。昨晚我們打開音響，坐在爐火邊，大聲讀著《先知》（The Prophet）。我不覺得人生有什麼好憂鬱的！」她高聲道，「我覺得各種書、各種人、各種事物都有無窮樂趣，你不覺得嗎？」

「對。」我腸胃內起了一陣翻騰，便意排山倒海而來。

奈兒繼續說個不停，我別無辦法只能盡力扭動身子，小心不要放屁，並用一種槪括的眼光打量著她：一個四十歲的女人，有張姣好的美國臉孔，眼前還有另外四十年人生要活；她們抱著渴望，尤其是渴望那種美國大學畢業的女性，在某個特定年齡都會有的，憂愁失落的渴望。我想像她跟老艾迪重新檢視彼此的價值觀。對，沒錯，價值觀，好極了。然後我不禁疑惑：爲什麼她說得彷彿自己已經死了？還有四十年要活，卻死、死、死了。

「凱特好嗎？」奈兒問。

我回過神努力地想，企圖擺脫死亡。「說實話，我不知道。」

「我好喜歡她！多好的一個人啊。」

「我也這麼覺得，她是很好。」

「有空要來找我們喔，賓克斯！」

「我會的。」

我們宛如行屍，笑著道別。

# 10

四點鐘，我決定可以開始執行最新的計畫了，這計畫在金錢和愛情上都能有所斬獲。世上所有事都要仰賴事業和愛情的緊密合作。如果我的事業因爲對莎朗的愛慕而衰落，那我對莎朗的愛慕也將衰落。我永遠無法理解男人爲了一個女人拋棄一切。這其中的訣竅、其中的樂趣，就是要面面俱到，讓金錢來服務愛情，讓愛情來服務金錢。只要有錢，我就感覺事事順心。這是我基督長老教會的血統作祟。

四點十五分，我坐在她辦公桌的邊緣，兩臂交疊，一臉苦惱。

「金凱小姐，我要請你幫個忙。」

「什麼事，波林先生？」

她仰望著我時，我心想我們對彼此是多麼不瞭解啊。她其實是個陌生人，黃色眼珠相當友善而深沉。她非常好心，熱忱地想幫忙。我的心爲之一沉。愛情，那一點愛的可能，消失了；性別差異消失了。我們只是一個普通的工作小組。

「你知道這些名字是什麼嗎？」

「客戶的名單。」

「還包括他們的投資組合，列舉了所持有的股票和債券等等。先跟你說明每年這時候我們都怎麼做。幾週後就要申報所得稅了，通常我們會寄給客戶一大堆手冊、報表之類的東西，協助他們填寫申報書。今年我們要做些改變。我會親自檢視每個客戶的投資組合，計算每筆交易的稅額，並寄信給每位客戶提供個別建議，分析資本利得和損失、認股權、認股證、強迫轉換日期、股票紅利，諸如此類。很多看似精明的生意人，卻在同一年既報長期利得又報虧損，這種人多到出乎你意料。」

她仔細聽著，黃眼睛閃著靈光。

「現在，我對所有帳戶都很熟悉，所以這不成問題；但我們得寫一大堆信，而且時間所剩不多。」要命，我一定是瘋了；這女孩是個乖巧的小妹妹。

「我們什麼時候開始？」

「你今天能多加一小時班嗎？還有週六上午？」

「我想先打通電話。」她說的時候帶著鄉下人那種直率善良的態度，樂意幫忙卻又凶巴巴的。

一會兒後，她站在我桌前，兩片紅色指甲在米色塑膠墊上游移。

「某人五點會來找我幾分鐘，可以嗎？」

某人。她可真有古老的智慧。我跟她沒什麼私人關係，然而出於女性可靠的第六感，她用中性字眼稱呼約會對象。她知道我不會相信那只是單純的某人，但她清楚自己在做什麼。不過我其實相信真會是某個虛幻飄渺、無足輕重的中性人來找她。

「希望我沒有妨礙到什麼極端重要的事。」

「你在開玩笑嗎？」

「怎麼，沒有啊。」

她讓我吃了一驚。我把「重要的事」說得含糊，而且多半是刻意的，但她立刻將其解讀爲男女情事。

這可是天賜良機，看看她朋友是什麼樣的傢伙，說不定會很有幫助。不過用不著傷腦筋怎樣才能偷瞄到他，五點前幾分鐘，他直接走進了辦公室。他是我會喜歡的那類人，我大可跟他勾肩搭背。一個精明幹練的角色，不是我害怕的年輕小夥子，而是像馬瑞尼社區的居民，地中海高加索人，大鼻子，下巴起伏，眉毛上方有條好似縫上去的皺紋，頂上茂密堅韌的古銅色頭髮梳成了龐帕多髮型。他擺著苦瓜臉，我跟他沒什麼話好說。我用最親切的態度朝他點頭致意，而他也點頭回禮，但卻點個不停，視線越過了我，對著四周圍點起頭，彷彿在打量整間辦公室。偶爾他會沿牙齒縮起嘴唇，如蒸氣噴發般大吐一口氣。在等莎朗的時候，他一手握拳捶著另一手的掌心，膝蓋在寬大的褲子裡來回擺動。

馬瑞尼社區的傢伙最後終於離開，我們持續工作到七點。我口述了一些非常誠摯的信。賀伯先生，您好：我今早抽空檢視了您的投資組合，發現若能將斯圖貝克帕卡德車廠的股票脫手，將能節省爲數可觀的稅金。當然，我並不清楚您整體的收支，但您若有稅務上的困擾，我建議出脫虧損的股票，理由如下……

同時把賀伯先生和莎朗放在心裡也好，光想著其中一人會讓我緊張。

我們努力工作，同事間強烈的革命情感，讓任何一丁點愛的表示都不免顯得愚蠢，將被我們立刻掃到一旁。《冷暖人間》現在會讓我們倆都覺得可笑。

到了六點，我意識到該稍微調整一下氛圍了。現在開始，我的一舉一動都要在她眼中展現某種價值，而且是一種她必須開始懂得欣賞的價值。

於是我們拿來三明治和咖啡，邊吃邊工作。我們之間的沉默已經產生變化，變得更自在。我可以站在窗前，鬆開領口，學達納安德魯斯（Dana Andrews）搔著後頸。也可以對她顯得不耐：「不對、不對，我不是這個意思，先休息一下吧。」我到飲水機旁服了兩顆阿斯匹靈，將紙杯捏成團。她的朋友，那位某某人，原來是個勁敵。他現在是我所有策略中的已知數，是我的三角測量點。我要使出渾身解數來對付他那些花招。

她已經拿了張白紙捲進打字機。「再試一次吧。」她帶嘲諷意味地看著我，眼中閃著光芒。

我張開雙手撐著她的桌子，將頭垂到兩臂之間。

「好吧，就這樣寫……」喔，羅利、羅利、羅利、羅利*啊。

她發現了，察覺到有什麼在蠢蠢欲動。現在當她在句子停頓間抬起頭，頭就像隻小鵪鶉般偏向一邊靜

---

* 指影星羅利卡漢（Rory Calhoun），主角以他為自我對話的對象，取代美國人慣用的發語詞「上帝」

止不動，眉宇間透露著不尋常。

她專注地看著我，黃色瑪瑙眼珠閃著充滿興致的光芒。我們突然間神遊物外，就像兩個夏日午後迷路的小孩，本不知道彼此的存在，卻都發現了牆上的一扇門，進入一個魔法花園。我們現在可以手牽手了。她仔細觀察我是否也看見同樣的景象。

但現在不是冒進的時機。雖然《玫瑰騎士》中歐克斯男爵的華爾滋旋律在我耳中繚繞，我大可將她從椅上拉起來，猛然吻上她的嘴唇，我們卻仍然埋頭工作。

「方登諾特先生，您好：檢視過您的投資組合，我發現依您的情況，現在恐怕不適合搶進剛萌芽的飛彈產業……」

馬瑞尼社區那傢伙沒有回來，到了七點半，很自然該由我來送莎朗回家。

有道颱線正從德州逼近，我們在忽隱忽現的閃電下朝廣場大道駛去。樂園道上的空氣沉重鬱結；傍晚稍早，湖上的燕子有了警覺，轉向飛往沼澤區去了。法國區人聲鼎沸。將香緹利的綠色原野和廣闊天空拋在腦後，來到一個擁擠的地方，破舊的建築圍繞四周，空氣裡充塞著人的味道、人的聲音，這樣也好。這裡沒有鶇鳥的笛鳴和燕子的啼哭。在這薄暮時分，最好能離開空曠戶外，走進個燈光昏黃的所在，貼著溫暖的大腿而坐。我差點違背自己的決定，開口問莎朗要不要去喝一杯。但我沒問，而是看著她走進屋子。

她登上一段新搭的水泥階梯，階梯像跳板一樣高聳，直入燈火朦朧的上層住宅。

# 11

今晚凱特要跟歷屆遊行隊的皇后聚餐，不會跟我碰面。我邊喝啤酒邊看電視，但每隔幾分鐘就會想起莎朗。我那來自阿拉巴馬，高挑美麗的樂儀隊隊長，充斥在腦海中。我的手開始冒汗。空氣沉重而凝結。這種時候要小心，因爲這種時候很容易未經深思衝動行事。像是今晚跑去見莎朗，或甚至冒著毀掉一切的風險，把車停在廣場大道上監視她。暴風雨終於開始了，真的跟德州響尾蛇一樣兇惡。漸漸地，那股焦躁不安散去，我變得能夠手擱膝蓋，屏除雜念，心平氣和地坐在靠背椅上看電視。

法警設陷將幾個人困在一間印第安泥屋裡。女屋主遭到殺害，留下一個嬰兒。經過連串意外轉折，歹徒取得上風，將法警挾持到一間小屋作人質。法警提醒他們嬰兒還留在泥屋裡。這不是普通的法警，還是個人道主義者。「那不過是個臭印第安人。」其中一名歹徒說。「你錯了，」法警說，「那是個人。」最後他說服了那些歹徒放過嬰兒，甚至還讓嬰兒受洗。歹徒們板著臉孔出去請神父，請來的神父看起來跟晚年的亨利拜朗華納（H. B. Warner）說有多像，就有多像。

外面狂風暴雨，我舒適乾爽地鑽到床上，蜷縮得像個繭裡的幼蟲，被基督教的慈愛良善裹得安全又溫暖。從椅子移到床鋪，從電視換到收音機，我聽著睡前最後的節目。我是一個習慣的動物，跟僧侶一樣規律，能夠享受最平淡無奇的重複，因此每晚十點都固定收聽一個叫《我如此相信》的節目。僧侶有晚禱，我則有《我如此相信》。這節目中有數以百計國內最高尚、富有智慧與思想、能成熟獨立思考的人士，在陳述他們的信仰。目前聽過的兩三百人毫無例外，都是值得欽佩的人物。我懷疑可有其他國家或其他時代曾產生過如此思想崇高的人物，尤其是女人，而且特別是在南方。我相信南方出身的高尚女人、博聞廣見的女人，比國內其他地區都多，可能只有上個世紀的新英格蘭地區能相提並論。我六位還在世的姑母姨母中，五位是神智學最崇高的大梵，另一位則仍是長老教會的信徒。

如果要指出這些人共同特徵，那就是他們的和善。他們的人生就是和善的勝利。他們用最溫暖寬厚的情感去喜歡每一個人。至於他們自己，再難相處的人都不可能討厭他們。

今晚的主題是個劇作家要用他的劇作來傳達這種和善的特質。他如此開頭：

我相信人。我相信人與人之間的容忍與體諒。我相信個體的獨特與尊嚴……

每一個上《我如此相信》的人都相信個體的獨特與尊嚴。然而，我注意到，這些信徒自己一點也不獨特，根本就是一個模子刻出來的。

我相信音樂。我相信孩童的笑容。我相信愛。我也相信恨。

這千真萬確。我認識其中幾位信徒，有人道主義者和女心理學家，他們曾到我姑媽家拜訪。在《我如此相信》的節目上，他們喜愛每個人，但一講到這位或那位特定人士，我發現他們通常對其恨之入骨。

我並非一直愛聽《我如此相信》。住在姑媽家的時候，我曾經有一股變態的衝動，不過這次沒有照過去的習慣投書給編輯，而是錄成一捲錄音帶，寄給了愛德華蒙洛（Edward R. Murrow）先生。「這是約翰賓克森波林，一位住在紐奧良的電影迷，他的信念。」以此開頭，並以接下來的話作結束，「我相信他媽的一腳踹下去就什麼都解決了。我如此相信。」但我很快便感到後悔，我的祖父會稱這為「自作聰明的把戲」。錄音帶被退回時，我鬆了一口氣。從此之後，我就是《我如此相信》的忠實聽眾。

我相信自由。相信個體的神聖。相信人類間的手足之情……

劇作家作結道：

我相信要去相信。我——如此相信。

我對莎朗的心猿意馬消失了。我關掉收音機，躺在床上感覺鼠蹊部有股令人愉快的悸動，那悸動是爲了莎朗，也爲了所有美國同胞。

# 12

半夜風雨正盛的時候，電話突然響起，可怕的召喚聲。我發現自己在房內像片葉子般打顫，疑惑到底出了什麼差錯。是我姑媽打來的。

「什麼？」電話因爲靜電充滿雜訊，我努力聆聽還是聽不清楚。

姑媽說凱特出事了。朱勒姑父和華特結束伊伯利亞遊行隊的舞會，抵達飯店時，凱特已經不知去向。本身也是前皇后的奈兒洛威爾跟他們說，凱特在十一點之前就突然離開了。現在已經過了三個小時，而她還沒回家。但奈兒並不擔心，她跟我姑媽說：「艾蜜莉阿姨，你也知道她這人。還記得上次在帝國飯店的聖誕派對嗎？她跑出去，爬上河堤，一路走到拉普拉斯。凱特就是這樣。」但姑媽還是擔心。「你聽聽這個，」她用一種特殊的音調說話，是那種談到陷入麻煩的親密家人時，常有的冷漠防衛性語氣，讓人誤以爲她在談的是個陌生人。「這是她日記上最後一句話：今晚將真相大白——新的自由行得通嗎——如果不行，也不要再被枷鎖束縛，免了。你還記得她的枷鎖吧。」

「記得。」「枷鎖」是凱特第一次發病時用的詞。她說小時候母親還在世時，人們似乎都以一種輕鬆隨性的方式談笑，有種腳踏實地的篤定。但現在人們（不只她，而是所有人）即使在最普通的場合——尤其是最普通的場合，隨時都感覺到腳下如有萬丈深淵。因此，有無數次她寧願身在無人荒島，也不想被綁在家庭聚會或親友聚餐中。

「我並不是真的在擔心她。」姑媽立即聲明。電話中傳來一陣沉默，伴隨著線路雜訊聲。說來奇怪，我微微感到一種社交上的尷尬。我努力想找些話說。「畢竟那孩子已經二十五歲了。」姑媽說。

「的確。」

一道猛烈的閃電落在附近，雷鳴在白灼電光中鋪天蓋地而來，搖撼著整棟屋子。

「……終於在亞特蘭大的旅館房間跟他聯絡上了。」

「誰？」

「山姆。他一早就會飛來，不用等到週日。他很興奮呢。」

「興奮什麼？」

「他說有一則不得了的新聞，但不肯告訴我內容。看來在不可思議的巧合下，兩件跟凱特切身相關的事都在這一天發生了。不過……」

「怎樣，姑媽？」

「我有預感她會遊蕩到你那邊。如果她去了，你可以載她回家嗎？」

「好。」

「凱特並不是另一個奧蒂安。」姑媽頓了一下之後說。

「沒錯，並不是。」她腦海中想著兩件事：一、一位費利西安納的熟人，名叫奧蒂安亞德里奇，後來發了瘋，常從傑克森的州立醫院跑出來，到紐奧良波本街上勾引陌生人。二、她在想奈兒洛威爾的眼神，其中那一閃而過的笑意，即使是在安撫我姑媽的時候。

我半夜三點突然驚醒，套了件雨衣，到屋外呼吸新鮮空氣。

颮線已經通過，樂園道上潮濕而平靜，不過厚重的冷鋒將殘存的海洋氣團向上抬升，在高空形成了呼嘯的狂風。風勢轉向北吹，將暴風雨一掃而空，只剩明月孤懸天際，像只風箏般飄搖，不時撞上四散亂竄的斷絮殘雲。

我坐在謝克斯奈德太太圍籬外的小亭子中。亭子正對著學校，常有孩童在這裡等前往湖區的公車。街燈映出藍黑色的陰影。對街，樂園道和善童街的交界處有塊荒廢的空地，去年夏天開始生長的雜草已經齊胸高。幾週前，我突發奇想，考慮買下那塊空地，建一座加油站。我得知那塊地正以兩萬元兜售。現在有了沙塔拉瑪希亞先生那筆橫財，這主意變得可行，值得認真考慮。我腦中浮現一棟磚造方形小建築，有著延伸老遠的屋簷，光滑水泥鋪成的停車坪，潔淨無瑕的塑膠雙殼貝每一吋都閃耀著光輝，在高處旋轉（我已經跟殼牌石油公司的經銷商接觸過了）。

一輛計程車停在街燈下，凱特下了車，大步走過亭子，雙手深插在口袋中。她的雙眼黝黑如深潭，臉上有著獨行者那種專注到近乎可怕的表情。我出聲叫她，她毫不感訝異地直直走了過來，帶著一種茫然的順從，讓人感到不安。然後我發現她滿腦子都被那些偉大的想法佔據——人們在漫長散步中會產生的那種想法。

「我過去真是個傻瓜！」她雙手抓住我的手臂，完全沒意識到現在是什麼時刻。她不處在任何地方，而是沉浸在自己的思緒裡。「你認爲有沒有可能一個人只犯下一個錯誤，不是什麼大錯，只是個小小的誤會，就毀了他的一生？」

「沒什麼不可能。」

「我的意思是，一個人的悲慘，難道不會只是因爲他弄錯了一件事，而且從沒有機會知道錯在哪裡，因爲他所犯的錯不能明說，因爲說出來本身就是件錯誤？就好像你登陸火星，不可能知道對火星人而言，提出問題是種冒犯，所以每次你問怎麼了，只會讓自己的情勢更糟。」看到我的衣袖，她用種古怪姿勢粗魯地拉扯，像個家庭主婦在把弄商品。「老天，睡衣啊。」她不客氣地說，「怎麼樣？」在紫色的陰影下審視著我的臉。

「我不知道。」

「但是我知道！我發現了，賓克斯。就算你們想告訴我也辦不到，我連你知不知情都不清楚。」

我沉著臉不說話。很久以前我就學會要小心凱特的茅塞頓開。這種時候她得意洋洋，對餘生該走的道路萬分篤定，但背後卻常伴隨著最黑暗的抑鬱。「不，我很確信你不知道。」凱特凝視著我的臉說，目光在我的兩眼間來回移動，就像個戀人。「而我告訴你也沒什麼好處。」

「還是告訴我吧。」

「我是自由的。經過了二十五年我終於自由了。」

「你怎麼知道？」

「你不覺得驚訝？」

「你何時發現的？」

「今天下午四點半，應該說是昨天下午。」

「在莫爾那邊？」

「對，我在瀏覽他的書架，很長一段時間什麼都沒說。我看到他寫的書，是那種我一向不喜歡的粗麻布封面。然而我過去是多麼努力要符合他和他書上的期望：活得快樂、做自己等等。有時候去看診時我會像個女演員般緊張，有時候我會成功扮演好自己。內心說，你看，莫爾，我成功了！扮演出色到我認為他都愛上我了。可憐的莫爾。你懂嗎，他什麼也沒辦法說，就算他知道那秘密也不能告訴我。你知道我怎樣嗎？一兩分鐘之後，他問我：『你在想什麼？』我坐直身子，揉揉眼睛，突然全明白了。但我不敢相信，那太簡單了。我的老天，一個人有可能活了二十五年，受了一輩子折磨，只因爲一個誤會嗎？正是如此！我站了起來。我發現人並不需要做這個、做那個、做任何人，甚至不用做自己。人是自由的。但就算莫爾知道這點並明白告訴我，我也絕對不可能會接受。想想也真奇怪，你沒辦法將這發現傳達給別人。然後莫爾又問道：『你在想什麼？』而我起身跟他告別。他說，才四點半，時間還沒到。然後他明白我真的要走了。他起了興趣，提議我們探討一下箇中原因。我說，莫爾，我真希望你是對的，如果凡事皆有因那該多好，如此一來，我沉默不語，就表示我在隱瞞什麼。要是我真有什麼好隱瞞，那我會有多高興啊。要是能爲你找到什麼不可告人的原因，你最喜歡的那些，那我會有多驕傲啊。但要是什麼都沒有呢？那是我一直以來所恐懼的：被發現其實什麼都沒有隱瞞。但現在我知道自己爲何恐懼，以及爲何不需要恐懼。恐懼是因爲覺得自己一定要做這樣那樣的人，甚至要做像你說的那種樂天又富創造力的人。我有讀你的文章喔，莫爾。多麼了不起的發現啊！前一分鐘我還繃著每根神經想要符合期望，因害怕失敗而兩腿發抖；下一分鐘卻萬分篤定，就算成功轉變爲你那種樂天又富創造力的人，對我來說還是不夠的，我有更好的選擇。我是自由的。現在我要說再見了，莫爾。然後我走了出去，人生中頭一次感覺像小鳥般自由，二十五歲，健壯如牛，神采奕奕，整個世界就在眼前。喔，賓克斯，別不同意。賓克斯、賓克斯，你認爲我該回去！我會回去的，毫無疑問。但我知道自己沒弄錯，不然我不會感覺這麼美好。」

她不會感覺這麼美好太久。謝夫夢特的天空正在褪色，很快曙光就會像穿過了深厚海水，曲折朦朧地落在我們周遭。我很清楚，當夜晚遠去，她就會筋疲力竭。即使現在她也有點在強打精神，勉力支撐著自己的狂喜。

我握住她冰冷的雙手，「你覺得這主意怎麼樣？」我告訴她加油站和沙塔拉瑪希亞先生的事，「我們可以住謝克斯奈德太太的房子，那裡很舒適。我甚至可以自己管理加油站。你願意的話，晚上可以來跟我一起顧店。你知道一間好的加油站，一年可以賺超過一萬五嗎？」

「可愛的小賓克斯呀！你是在跟我求婚嗎？」

「當然。」我不安地看著她。

「的確是不賴的生活。簡直是全世界最棒的生活了。」她用歡天喜地的口吻說，就像我姑媽的口吻。我的心一涼。太遲了，她已經失控了。

「當我沒說。」

「沒問題！沒問題。」那股狂喜在她靈魂中燃燒又熄滅，消失無蹤，就像伊娃瑪莉亞桑特（Eva Marie Saint）曾扮演過的一個角色。她彎下身，抱住自己。

「怎麼了？」

「喔——」凱特呻吟，被打回了原型。「我好害怕。」

「我知道。」

「我該怎麼辦？」

「現在嗎？」

「對。」

「先去開我的車，到法國市場去喝杯咖啡，然後就回家。」

「一切都會沒事嗎？」

「對。」

「說出來，我要聽你說。」

「一切都會沒事的。」

# 第三章

# 1

星期六早晨的辦公室枯燥乏味。股票休市，除了繼續寫信外沒有其他事好做，但這都在意料之中。外面天氣很好，溫暖的有點反常。熱帶氣團已經滲入陸地，使得屋前的草皮濕潤飽滿。樟樹果在腳下迸裂，樂園道上的杜鵑和洋蘇都已開花。淡藍色的天空有幾片浮雲，連雀尖細的鳴叫聲從四面八方傳來。

莎朗打著信的時候，我手插口袋，站在窗前，透過金色的刻字向外望。我想著莎朗和美國汽車。美國汽車昨天以三十塊二十五分作收。

十一點鐘，該開口了。

「我要走了，午飯前我還得開六十哩路。」

「你要去哪裡？」

「到灣岸邊。」

打字機的鍵盤聲沒有減緩。

「你要不要一起來？」

「唔——」她心不在焉，絲毫不感覺驚訝。「我剛好有工作要做。」

「不，你沒有，我要關辦公室了。」

「別鬧了。」還是沒有驚訝的感覺。我一直等著看她會怎麼卸下那秘書的態度，但她沒有。打字聲繼續著。

「我要走囉。」

「你要不要讓我打完這封信啊！」她用斥責的語氣大聲說。原來就是這樣卸下啊，用嗔怒的方式來增加親暱。「你先走。」

「走？」

「我馬上來，我得先打個電話。」

「我也是。」我打電話給凱特，是莫瑟接的，凱特和艾蜜莉姑媽到機場去了。莫瑟說他相信凱特沒什麼大礙。

莎朗黃色的眼睛看著我。「卡特洛小姐跟你是親戚嗎？」她用另一種斥責的語氣高聲問道。

「她是我表妹。」

「有人跟我說你們結婚了，我說不會吧。」

「我沒跟任何人結婚。」

「我就說嘛！」她頭向前傾，進入一種恍惚的狀態。

「你為什麼想知道我結婚了沒？」

「告訴你，小夥子，我不跟已婚的男人出去。」

但她還是不肯像正式約會那樣，接受我獻殷勤，依然聽自己的號令行事，並開始收拾她的辦公桌。當她揹起瓜地馬拉皮包，輕快地走向門口時，我只能跟在後面。現在我明白她的意思了：別以為我會呆站著等你說明什麼，你說要關辦公室，很好，那我就走。

我跳到她前頭去開門。

「你想先回家，我半小時後再去接你嗎？讓你先把泳衣穿在衣服裡。」

「好！」但聽起來並不好，她的聲音有點太嘹亮了。

「在這期間，我會回去取車還有拿泳衣。」

「好。」她明顯的不太情願。這樣一點都不好！她就跟琳達一樣。

「我有個更好的主意。跟我一起走回家吧，我們開了車再送你回家。」

「好。」這聲回答好多了。「你在這裡等一下，我馬上回來。」

她出來的時候，眼中閃著光芒。

「沒什麼問題吧？」

「這還用問。」眼光閃爍。喔喔，男朋友心碎了。

「希望你有從尤福拉帶泳衣來。」

「你在開玩笑嗎？」

「怎麼，沒有啊。」

「又不是什麼了不起的東西，只是件舊泳衣。我本來要在白屋百貨買一件的，不過沒有想到會在三月去游泳。」

「你喜歡游泳嗎？」

「你在開玩笑嗎？」

「沒有。」

「我寧可不吃飯也要游泳，真的。我們要去哪裡？」

「大海。」

「大海！我怎麼不知道這附近有海。」

「是開放式海灣，一樣的東西。」

我讓她坐上車之後，她跟不存在的第三者說道：「這才是我說的福利。老闆不只放你去游泳，還親自送你到海邊。」

我們在這樣的情境下出發：她是一心渴望游泳的女孩，我則是寬宏大量的雇主，還好心地送她一程。

中午剛過，我們在墨西哥灣沿岸奔馳，一切還算順利。好巧不巧，我們剛穿過聖路易灣市，開到海灘大道時，就發生了車禍，所幸並不嚴重。當我說好巧不巧時，指的其實是好巧。你可能會覺得奇怪，就算只是輕微車禍，但怎麼能說好呢？

因為這提供了一個驅散失落感的機會，只要懂得善加利用。

你或許會問，失落感是什麼？失落感就是一種若有所失的痛苦。世界對你視而不見，整個世界和其中的人們都如此。你是你，世界是世界，而你跟《馬克白》中班珂的鬼魂一樣再也無法融入其中。

你說釣個漂亮的女人，在一年初春時到海邊去，這事單純得很，有得無失啊。報上的詩人都這麼說。其實呢，並沒有這麼單純，你試過就會知道。當然，除非那女人剛好是你老婆，或是某個隨處可見的平凡女子，跟你一樣缺乏存在感。凡事有得必有失。一個人在追求美好幸福的同時，也要承擔失落的風險。

我發現，車子至關重要。剛搬到香緹利的時候，我買了一輛新的道奇轎車——紅色公羊六型。那是輛舒適、傳統、經濟的雙門轎車，在我眼中正適合香緹利的年輕生意人。當我第一次坐進駕駛座，手握方向盤的時候，一切似乎都恰如其分——我，一名健康的年輕人，各種證明文件齊備的退伍軍人，開著一輛好車的美國公民，這一切都切切實實。然而第一次跟瑪西雅開車到墨西哥灣海岸時，我沮喪地發現，我的道奇新車是個標準的失落感產生器。雖然車子夠舒適，像時鐘般運作順暢；雖然我們愜意地兜著風，四周景色宜人，就跟道奇汽車廣告上的美國夫婦一樣，但失落感很快就令人幾乎窒息。我們倆相敬如賓地坐在車裡，臉頰僵笑得發疼，彼此都渴望著對方。出於絕望，我將手伸到她洋裝下，但即便是這樣的小動作，得到的回應仍是同樣的彬彬有禮。我真想停下車，用頭去撞人行道。我們是可以那樣做，或做其他任何事，但我們只是一股腦向前衝，形成小小的絕望漩渦，像個颱風眼般掃過這世界。結果，要是我真停下車去撞頭，或許瑪西雅和我就不會如此滿懷失落地回到紐奧良了。之後過了好幾個星期我們才敢再次出遊。

正因爲如此，我才不喜歡開車，而喜歡搭公車或電車。如果我是基督徒，就會徒步去朝聖，這是最好的旅行方式，可是女孩子不喜歡。不過我的紅色小MG是例外。那其實是輛不怎麼樣的車，沒什麼優點，只有一樣：對失落感免疫。你絕對無法想像，當瑪西雅和我乘著這台明亮的小金龜車在公路上奔馳時，感覺到了什麼。我們驚訝地看著彼此：失落感消失了！我們迎向世界，迎向天地之間混濁的夏日氣息。噪音震耳欲聾，風勢猛烈如颶風，飛沙走石鋪天蓋地迎面而來。

不過跟莎朗出遊我仍然有些擔憂，若失落感是因爲MG的新穎才消失的呢？現在這台MG已經不新穎了。要是面對不同女孩時的失落感都不同，需要不同的解藥呢？有一件事是確定的，現在就是最直接的考驗，但賭注很高，不是無上的幸福在等著我們，就是失落驅散了所有思緒。瑪西雅和琳達根本比不上這個鬼靈精，這個來自尤福拉的美麗精靈，移動起來就像芭蕾舞者，工作勤奮，學得又快，上班時會做著白日夢，頭傾向一邊，臉頰同男孩般纖瘦輕柔。她就坐在我身旁，我開著車行駛在斷崖絕壁邊，下方是最黑暗的失落，前方是最青翠的樂谷。我有一個優勢，就是她的男朋友，那個馬瑞尼社區的傢伙，他只知道要提出各種要求，而她也不喜歡那傢伙。謝天謝地，好個花花公子。

穿過謝夫夢特正在燃燒的沼澤時，我彷彿真的嗅到一絲失落感。地獄的火舌在我們腳跟邊竄燒，MG猛然一躍，像轟炸機般嘶吼，越過松林荒地和聖路易灣市。莎朗帶著笑容，安靜地坐著，眼睛因爲風勢幾乎睜不開，金黃色的雙膝交疊，搭在儀表板上。「我發誓，這是我見過最可愛的小車了！」她前一分鐘向我嚷道。

按照她所認知的某些社交儀節，要從她離開出租公寓之後，我們才算是正式約會。她換了件男孩子的襯衫和黑色及膝褲。她的室友從樓上的窗戶看著我們。「跟喬伊絲揮揮手。」莎朗命令我。喬伊絲倚著窗台，有頭棕髮，穿了件皮夾克，臉上有種落單室友常見的神情，性感而官能。我不得不再瞧一眼。喬伊絲換了個姿勢，年輕壯觀的臀部從皮衣下蹦了出來。一股悲傷突然襲來。但願……但願什麼？但願我能把莎朗支開，直接上樓找喬伊絲，一個完全的陌生人？沒錯，卻也不盡然。但願我能跟她們倆在一起，跟滿屋子的她們在一起，但願廣場大道上的舊公寓裡滿是高挑的美國女孩，個個傻傻地歪著頭，有著結實的大屁股。最後一瞬間，我可以發誓喬伊絲知道我在想什麼，因爲她笑著給了我一個「你這下流胚子」的眼神，嘴唇擺出「呦呵！」的形狀。莎朗爬進車裡貼著我，現在她能碰我了。

「喬伊絲是哪裡人？」

「伊利諾州人。」

「她人好嗎？」

「喬伊絲可是個好女孩。」

「看起來也是，你們感情好嗎？」

「你開玩笑嗎？」

「沒有。」

「老天爺啊，我們之間那些瘋言瘋語，如果被旁人聽到，會把我們直接送到塔斯卡羅薩去。」

「你們都談些什麼？」

「談每個人。」

「包括我？」

「當然囉。」

「你們怎麼說？」

「你真的想知道？」

「想。」

「小夥子，我可以告訴你一件事。」

「什麼事？」

「你從我這兒絕對問不出來。」

「為什麼？」

「小孩子別問這麼多。」

我們駛離樂園道，她溫暖的手臂擱在我的手臂上。她突然拋開拘束，在座位上自由擺動起來，膝蓋、臀部、手肘不時碰撞到我。她是我的約會對象了（她讓我想起一位曾經認識的實習護士，現在不再那麼古板，變得開朗活潑了）。紅綠燈一變換，MG像匹小馬一樣衝出。我感覺好極了。

沒錯，這輛小車的魔法對她有效：我們像蟲子般被困在狹小空間中，卻仍能在無垠天地間高速奔馳。凝重的空氣壓迫著我們，正前方一片火棘樹隱約逼近，我們疾馳而過，一眨眼墨西哥灣就在眼前，一片平靜，粼粼波光朝著南方退去。

意外發生時，我們正沿基督海口市南邊行駛。前方一輛西行的綠色福特以為沒車，直接來了個迴轉，剛好撞上我的車身。力道不是非常猛烈，發出一聲空洞的金屬碰撞聲，乒鏘！MG像頭受驚的小牛一樣彈開，跳出路外，卡到一個排水孔而停下來，發出嘶嘶的漏氣聲。我受過傷的肩膀也挨了撞擊，有幾秒間我失去了意識，但在此之前有兩件事我看得很清楚：莎朗安然無恙，以及撞到我的人。那是一對老夫妻，車牌來自俄亥俄州。我發誓幾乎可以說認得他們，在汽車旅館見過數百對類似的夫妻。那男的又老又瘦又健康，喉頭像火雞般下垂，戴頂棒球帽；女的平凡無奇。他們正要去佛羅里達。男的驚恐莫名地看著我們在草地上失控顛簸，轉頭向妻子求助，猶豫不決，接著加速逃逸。他猛踩油門，有如賽馬騎師一樣緊緊伏在方向盤上。

莎朗俯身看著我，輕觸我的下巴像是要引起我的注意。「傑克？」肩膀的疼痛超乎想像，不過現在已經好多了。

「你怎麼知道我叫傑克？」

「戴戈先生和赫伯先生都叫你傑克。」

「你沒事吧？」

「應該沒事。」

「你看起來嚇壞了。」

「那個愚蠢的瘋子差點害死我們耶。」

車流變慢了，以便好好欣賞我們。一個在替別墅草坪澆水的黑人放下了水管，張口結舌呆立著。不幸事故讓我們成了奇觀風景，車禍目擊者注視著我們，臉上帶著近乎誘人的迷濛表情。但他們一下子就通過現場遠去，隨後而來的車輛則沒看到任何事發經過。黑人重新拾起他的水管，我們這車內的小空間則回復了匿名的狀態。

愛是無敵的。的確，有一秒鐘左右，痛楚讓我拋開了一切考慮，甚至是愛，但那不超過一秒。現在疼痛發揮了很大效用，真是一盤好棋中的一記妙著。

「那你覺得怎樣？」莎朗問，一邊更挨近些，「寶貝，你看起來好蒼白。」

「他撞到我的肩膀。」

「讓我看看。」她靠過來幫我脫上衣，但汗衫太緊，而我沒辦法舉起手臂。她伸手去拿皮包，找出了一把修皮剪刀，從脖子把衣袖剪開。我感覺到她停下了手。

「這不是……」

「不是什麼？」

「不是車禍造成的。」

「當然。」

「你有手帕嗎？」她跑到海邊，將手帕在鹹水中浸濕。「現在，我們最好去找個醫生。」

我的肩膀曾被子彈穿過，有個很像樣的傷口，不輸羅利卡漢或湯尼寇蒂斯（Tony Curtis）受過的任何傷。好歹子彈沒有打在屁股或生殖器上，甚至鼻子上。美中不足的是，子彈碎片劃破了我的肋膜尖，造成肺衰竭和蓄膿。不過沒有留下永久傷害，只是頸窩多了一個駭人的疤痕，以及關節在某些天候時會變得很敏感。

「說吧，你這傷是哪裡弄來的？」冷水沿著我身側往下流。

「那輛福特弄的。」

「怎麼可能！」

「這是舊傷，看不出來嗎？」

「哪裡弄的？」

「刮鬍刀不小心劃的。」

「少來了！」

「我在清川江受的傷。」

「韓戰？」

「對。」

「喔。」

羅利啊，東尼啊，你們從來沒有碰過這種好事。就連你威廉荷頓也沒有，我高貴的威廉啊。你們這些大明星全都沒有。失落感，永別了。綠色福特跟俄亥俄老夫妻，再會並祝好運了，希望你們在坦帕灣從此幸福快樂。

不過我知道有些人會對發生這種事感到遺憾，他們除了那台該死的ＭＧ，不會想到別的。天佑ＭＧ。

我跌跌撞撞地下了車，坐在路邊草地上，頭暈目眩。那王八蛋真的傷到我肩膀了，MG則還好，只有扇車門凹陷。

「正好撞在你坐的地方。」莎朗拿手帕按著我的肩膀說，「而且那老渾球連停都不停。」她穿著黑褲子，像五歲小孩般蹲伏，瞅著我看。「要命！那一定很痛吧？」

「可怕的是感染。」

「我可以告訴你一件事。」

「什麼？」

「我絕對不想挨槍子兒。」

「你包包裡有阿斯匹靈嗎？」

「等等。」

她回來後，給了我阿斯匹靈，並用雙手捧著我受傷的肩膀，彷彿阿斯匹靈會造成劇痛。

「現在去後座幫我把威士忌拿來。」

她用紙杯斟了滿滿一杯，紙杯也是從瓜地馬拉皮包中拿出來的。阿斯匹靈隨著一股燒灼吞下肚。我把酒瓶拿給她。

「我肯定要來一點。」她面不改色地喝著，一手壓著胸部。我們一步步把上衣穿回去。

但那輛MG!我們同時想起車子，要是它腦震盪怎麼辦?不過它一下子就發動了，發出對綠色福特不屑的咆哮。

我忘了拿威士忌酒瓶，下車撿的時候，整個人差點要倒下。羅利啊，她就在一旁接住了我，我兩隻手臂環繞著她。

「來吧，小夥子，靠在我身上。」

「好，你真是我認識最貼心的女孩。」

「這沒什麼，老兄，你過來。」

「來了，要去哪裡?」

「你坐這裡。」

「你會開車?」

「告訴我要去哪裡就好。」

「我們先去買點啤酒，然後去船島。」

「用這台車?」

「坐船。」

「在哪裡?」

「那裡。」海灣的另一頭，依稀有片藍松綿延。

乘船之旅並不如預期，我原本以為這個時節船會很冷清，空蕩蕩的甲板能讓人在太陽下伸懶腰。結果我們卻像沙丁魚般擠在一起，筆直地坐在一間小船艙中的長凳上，被至少上百名孩童包圍。後來得知這是密西西比州利克郡四健會的遠足。一批像是浸信會執事的男女在發號施令，個個皮膚通紅，牙齒不整，看起來友善正派。我們四周瀰漫密西西比的內陸氣味，是那種溫暖白皮膚套上煮沸過的棉製內衣所產生的味道。多麼白皙啊，這些農村小孩跟牛奶一樣白，沒有陽光的痕跡，沒有通紅的脖子；他們並非毫無血色，只是白，衣服下的皮膚白得透水。

我們像靜靜等待的移民，轟轟穿越密西西比海灣乳白色的淺水。

船上僅有的另一對男女，是基斯勒空軍基地的飛行員和其女友。男孩柔軟光滑的頭髮梳剪得跟貂一樣短，但嘴唇被鼻子的肌腱往上拉，露出了兩顆花栗鼠般的門牙，讓他看起來有點蠢。女的是嬌小豐滿的密西西比女孩，十五或十六歲。她也可能是利克郡的孩童之一。雖然他們手牽手坐著，但也可能完全互不相識。他們各自凝視著船艙，彷彿孤身一人。旁人皆知他們會以同樣的方式跳舞、做愛，不全神貫注在彼此身上，而是帶著持續輕微的驚愕，望著周遭的世界。當然，我之前也曾見過這類男女，在動物園或海洋公園，男的注視著動物或魚群，帶著同樣緩慢閒散的好奇，記下所見的每種生物；女的沒有特別盯著什麼，但也不感到無聊，忍受著他的專注，並感到無比安心。

我們在碉堡附近登陸，那是個南北戰爭時遺留下來的破舊磚造基地，十幾個夏天累積的黃色底片盒、票根、瓶蓋丟了滿地。這就是所謂的淒涼，歷史遺跡承受著密西西比海灣微鹹的波濤沖刷，過往夏日殘留的廢棄物像考古學地層般堆疊。去年夏天，我撿起一片泛黃的碎報紙，讀到一篇一九四八年比洛克西選舉的報導。在其中，我捕捉到的歷史氣息，遠比訴說著兩百年前法國和西班牙人往事，或一百年前洋基佬事蹟的金屬紀念碑，要更爲鮮明。一九四八年，何其遙遠的年代啊。一條木板步道越過泥坑和溼地，延伸到一座舊舞蹈亭。經過的時候，我們瞥見那個飛行員和他女友，茫然地站在櫃檯前喝著可樂。遠方，有塊沙和鋸齒草組成的丘陵，一條清澈小溪在上面劃下刻痕，藍蟹與貓眼蝸牛在其中悠游。越過小丘就是廣闊的大海。差別很明顯：之前是骯髒淺薄的小海灣，現在則是一望無際的藍色大海。海灘很乾淨，大片的海浪正湧上來，離岸不遠的海水覆滿泡沫，呈現綠色。越過丘陵，心就會爲之一揚，耳邊響起悲傷的老音樂。

我們在溪中找到一個窟窿，將啤酒罐浸在裡面，來到沙灘上離孩童很遠的地方，一個雜草叢旁。莎朗已經下水了，上衣跟褲子都像破布般被隨手丟在沙灘上。她在我前方涉水而行，來來回回轉身，伸展著雙手，滑撥面前的海水。有時她像要戴皇冠似的將手高舉至頭，用兩根手指將頭髮往後梳。綠色海水湧上她的膝蓋，泛起泡沫，再挾帶著沙從腳踝邊退去。她繼續走，大腿輕擺，緩緩撥動著前方的海水。她真是美麗啊！就跟麻雀一樣活潑勇敢美麗，那美麗讓一股憂傷湧上我喉頭。他媽的，這真讓人熱淚盈眶，我不知道自己是怎麼搞的。她朝著我笑，接著轉過身。

「你幹嘛那樣看我？」

「哪樣？」

「你是怎麼搞的？」

「我不知道。」

「來吧，小子，我拿點啤酒給你。」

她的泳衣是黑色帶有光澤的材質，類似競賽泳衣，也沒有裙邊。她像條長耳獵犬離開水面，甩著頭，溼漉漉的秀髮劃出捲曲的弧度，接著彎下身，撥去腿上的水。現在她站在沙灘上若有所思，雙腿直立，歪著臀部，拇指和食指輕輕撐著髖骨，像個運動員。鹽水蒸發所產生的微刺感讓她回過神，使勁甩著手臂的肌肉，手指在背上游移。

海灘上，孩童被繩索隔成男生跟女生兩個小團體。他們顯然不會游泳，排列成不整齊的方隊在蹚水，男執事穿著袖孔很緊的黑色泳衣，脖子上掛著口哨，在引導他們。女執事在遮蔭棚中觀看，沒下水的孩童則在一旁，忙著用山丘上收集來的鋸齒草修補草棚。

我們又游了一趟，然後回到草叢旁喝啤酒。她仰面躺下，發出一聲嘆息，閉上眼睛。「這真的比打字好多了。」她挽著我的手臂，溫柔地拍了我一下，接著在沙地上調整好姿勢，彷彿真的打算小睡一會兒，但眼睛仍在眼皮縫隙間閃爍。我彎下身吻她，她笑著回吻我，帶著一種朋友間的熱情。我們躺在地上，互相擁抱。

「嘿，你這小子。」她笑著說。

「怎麼了？」

「就在上帝和大家面前？」

「真抱歉。」

「抱歉！聽著，你過來。」

「我就在這裡。」

她做了一個動作表明她的友誼，同時也劃下了界線。接下來一個鐘頭我們游泳、喝啤酒。有一次她起身時，我跪著抱住她金黃色的大腿，真是結實漂亮的一雙腿啊。

「你在幹嘛，小子？」

「寶貝，我想這樣抱你已經想三個禮拜了。」

「那現在你抱到了，可以放開我啦。」

「美人，我永遠不會放開你。」老天爺啊，多麼讚的一雙腿。

「好了，小夥子……」

「什麼事？」

「可以放開了。」

「不行。」

「聽著，老兄，我可是跟你一樣強壯。」

「才不一樣。」

「我塊頭或許沒你大……」

「你別想走。」

「但我跟你一樣強壯。」

「沒這回事。」

「好，你看著。」她像個男人般架起拳頭，使勁捶了我手臂一拳。

「很痛耶。」

「那就別騷擾我。」

「好，我不騷擾你。」

「打我。」

「什麼？」

「你聽見了。打我。」她將手肘緊貼著身體。「來啊，小子。」

「你在說什麼？我才不會打你。」

「快打我啊，我不是開玩笑。你傷不了我的。」

「好吧。」我打了她。

「不對，不是打打鬧鬧那樣，真的打。」

「你說真的？」

「我跟上帝發誓。」

我用足以將她擊倒的力量揮出一拳。

「該死。」她很快爬起來。「一點都不痛。我現在超想給你嘴上來一記，你這白癡。」

「我相信，」我笑著說，「現在，過來吧。」

「幹什麼？還來！」她又架起拳頭。「你想幹嘛？」

「只是要告訴你我在想什麼。」

「想什麼？」

「想你。你和你甜美的嘴唇。寶貝，上帝作證，我什麼也沒辦法想，滿腦子只想用手臂環繞著你，親吻你甜美的嘴唇。」

「要命。」

「我這樣做的話，你會介意嗎？」

「我不介意。」

我將春天擁入懷中，包括那豐富的生命力，以及殘存的悲傷。

「我再告訴你一件事。」

「什麼事？」

「寶貝，你佔據了我的心。打從你穿著那件黃色洋裝走進我的辦公室開始，我就爲你瘋狂，而你也知道，對吧？」

「要命。」

我往後坐，牽著她的手，看著她。「我想你想到睡不著。」

「你發誓？」

「我發誓。」

「我們聯手賺了不少錢，對吧？」

「的確是，你想要錢嗎？我會給你五千塊。」

「不用，我不要錢。」

「我們到海灘遠一點的地方吧。」

「幹嘛？」

「這樣他們就看不到我們了。」

「看到我們又怎麼樣？」

「我是無所謂。」

「嘿呦，你這小子。」

「你是我的寶貝。我愛你，你會介意嗎？」

「並不會，但你別想把我帶到什麼到處是響尾蛇的鬼地方。」

「響尾蛇！」

「免談，我們要待在這裡，靠近那些遊客，而你給我安份一點。」

「好吧。」我的雙手繞到她背後交握。「我再告訴你一件事。」

「喔。」她向後仰，面帶笑容看著我，因爲距離太近而有點不好意思。「反正你抓住我了。」

「我很遺憾你是替我工作。」

「遺憾！聽好，小子，我很盡忠職守。」

「我不希望你認爲我在佔你便宜。」

「沒人能佔我便宜。」她氣憤地說。

我對著她笑，「不，我是指工作上的關係。」我們坐起身，喝著啤酒。「我要對你坦白，這件事我計畫一整個星期了。」

「什麼事？」

「這次出遊。」

「真該死。」

「別裝了，你心知肚明。」

「我發誓我不知道。」

「但我擔心的是工作這部份……」

「工作和享樂不用混爲一談。」

「我只是希望你知道，當我衝動行事時……」

「我一向衝動行事，有話就說，說了就算。」

「看得出來。」

「你去問問喬伊絲我是怎麼說你的。」

「喬伊絲？」

「我的室友。」

「你說了什麼？」

「你自己去問她。」

我環顧整片海灘，「我沒看到她啊。」

「我不是說現在，你這白癡。」

我們一起游泳，一起仰臥。驚人的發現突然襲上心頭，我不像昨晚那麼瘋狂地愛她了。但至少失落感不再。我們於陽光下假寐，雙手交握在彼此背後，直到交通船鳴笛。

然而當我們傍晚沿著海岸朝家疾馳時，愛的感覺又重新復燃。我現在知道了，悲與喜交替而來。美麗與勇敢讓人憂傷——莎朗美麗，我姑媽勇敢——勝利則讓人心碎。但人生持續向前，我們亦如是，在紫色夕陽下沿著海岸奔馳，通過了霍華強森飯店、汽車旅館、兒童嘉年華。我們在一個海灣暫停，映著星光喝了一杯。安於平凡沒什麼不好，不辛苦追尋什麼無上的幸福，而是接受飲酒、親吻、一輛不壞的小車、一雙溫暖豐腴的大腿，這種悲哀的小幸福。

「我媽在阿勒曼湖口有個釣魚營地，要不要去瞧瞧？」

她在我肩上點了點頭。她現在對我變得很溫柔，不時會用手按我的臉頰。

離開公路，珍珠河西岸一條砂石路向南蜿蜒，一路穿過沼澤。我們很快就開在杳無人煙的莽原中，車流落在身後老遠。莎朗仍將臉埋在我頸中。

黃色弦月在莽原灑下微弱的光芒，遠方丘陵隱隱約約看似成隊的船隻。我們跌跌撞撞走進沼澤，踏上木板道。莎朗緊黏著我，彷彿只要靠得夠近，她就不會看到我。

我不敢相信自己的眼睛，真是難以理解。我們繞過一個小丘，眼前的營地像鐵達尼號般燈火通明。史密斯一家竟然在。

# 2

我同母異父的弟妹們正在裝了紗窗的陽台上，圍著一張鋸木桌吃螃蟹。蟹殼就快堆到一盞無罩燈泡下了。

他們驚愕地看著我，看著彼此，突然間覺得需要有個大人在場，以證實他們真的看到了我。每一個人都發狂似地要找母親。戴海絲跑向廚房門口。

「媽！傑克來了。」她屏息看著母親的臉，並得到了回應。「對，傑克！」

「尙保羅吃了些蟹黃。」瑪蒂達從我下巴正下方抬頭說。

我同母異父的弟弟尙保羅是個肥胖的黃色嬰兒，好似佛像般坐在嬰兒椅上，身上沾了螃蟹醬汁，手上還揮舞著紅色蟹螯。雙胞胎瞪大了眼睛看著我，但沒有停下吃的動作。

羅尼在輪椅上很興奮，手捲曲了起來。我先親吻他，他面露微笑，頭歪向一邊不停抽搐。他十四歲，但身形跟不上年紀，比十歲的雙胞胎克雷爾和多尼斯還矮小。然而去年夏天長子杜瓦溺斃之後，他就成爲「大哥」了。暗紅色的頭髮總是溼漉漉，經過梳理；沒有歪斜扭曲時，他的臉英俊而純潔。老實說，他是我的最愛。跟我一樣，他是個電影迷，什麼電影都看。不過我們之所以成爲好友，是因爲他知道我並不同情他。首先，他真誠相信自己所受的磨難可以作爲一種補償，彌補耶穌基督被刺穿心臟時，世人的無動於衷。再者，我並不介意跟他交換位置，他的人生是平靜安詳的旅程。

我媽用抹布擦著手。

「看看是誰來了。」她這麼說，但並沒有真的看。

手擦乾了，她伸直中間三根指頭，使勁揉著鼻子。她有花粉熱，而螃蟹使情況更惡化。這聲音我太熟悉了，手指快速搓揉，擤著滿是鼻水的小鼻子。

我們親吻彼此，或者該說我們將臉頰相貼。母親用手腕擁著我的頭，彷彿雙手還是溼的。有時候，我感覺到一種兒子對母親的愛，或類似的情感，於是想給她來點特殊的問候，但這種時候她總是迴避我的眼睛，將臉頰貼上來，並要我注意瑪蒂達這樣或戴海絲那樣。

「媽，跟你介紹，這位是莎朗金凱。」

「歡迎！」母親高聲說完，就轉身投入一群小孩之中。這並不表示她對莎朗有何不滿，而是因爲她對女主人這個角色感到有壓力。「這裡沒別人，就我和孩子們。」她說道。

莎朗心情正好，雙眼圓睜，笑容充滿感染力，讓我懷疑她是不是在笑我。一開始她就跟孩子們相處自然。我記得琳達當時很緊張，不停換著腳，視線越過小孩的頭向外看，臉色如布丁般呆滯；瑪西雅則過度認真，蹲在地上抱著膝蓋，像是來到孤兒院拜訪的瓊芳登（Joan Fontaine）。

母親沒有問我爲何突然跑來，也沒有對我的出現特別表示什麼，雖然我們已經六個月沒見了。「小戴絲，跟傑克說說你班上的校外教學。」說完她就逃回廚房中。再過一會兒，她這樣只顧著家事的態度就會把我惹毛。出於最可靠的直覺，她對所有不尋常或刺激的事都避而遠之，任何不屬於家庭範疇的事物都會立刻被劃歸爲妖魔鬼怪。當我學生時代對石牆傑克森的河谷會戰*或佛洛伊德的《夢的解析》興奮莫名時，她並不會反對，只是將之當成某種羅弗小子**的古怪嗜好：「那些啊？那是傑克的書。那孩子帶了一堆又一堆的書回來！傑克，那些書裡面講的你全都懂嗎？」「不懂。」儘管如此，我還是成了狄克羅弗，羅弗小子中最嚴肅的那個。

在釣魚營地見到史密斯一家人是件好事，若在他們比洛克西的家就不然了。進那狹窄的老房子待上五分鐘，陰鬱就會滲入我的骨髓。暖爐的炊煙刺激著眼球，兩千次週日晚餐的味道附著在窗簾上，聲音在樓梯間一次又一次迴響，一幅憂鬱的聖心圖掛在缺了角的陶瓷壁爐上，畫中的耶穌永遠指著自己。每樣東西都是白色而且缺了角。地板滿佈灰塵，像進入學校教室一樣讓人鼻頭發癢。但是在阿勒曼湖口這裡，每個人都能感覺到不同。湖水輕輕拍打著木樁，裂開的木板藏有冬天神秘的記憶，那彷如夢境，罕有人煙的漫長日夜，魚兒從黑色湖水中躍起，整片莽原看過去沒有一個人影。小孩子肯定發現了這秘密，所以晚餐後

* 美國南北戰爭時著名的戰役，石牆傑克森是當時南軍指揮官
** The Rover Boys，美國二十世紀初著名的系列童書

他們四處探索，成群結隊從一個角落跑到另一個角落。多尼斯給我看他去年八月留下的一個捕麝鼠器，竟然還能找得回來。母親說他們今天早上才來到這裡，天氣很好，而且小孩禮拜一都放假，如果天氣不變，他們會待到嘉年華結束。羅伊不在，母親會跟孩子們打成一片。她會超高效率地只花十分鐘就把廚房清理完畢，然後出來陪小孩子東奔西跑，玩著他們說變就變的遊戲，眼睛上蒙著一層溺愛的神色。

戴海絲正在說她計劃寫信給眾議員，談談河川與港口法案。戴海絲和瑪蒂達就像民意論壇中熱忱的好公民。

「這小戴絲可真是個怪胎，對吧？」我媽高聲說著閃進了廚房。這話表示小戴絲很聰明，但她過於早熟也有點滑稽。

「羅伊呢？我們沒看到車子，差點沒走過來。」

「去玩牌！」他們同時大聲說。這情況似乎很有趣，大家都笑了。羅尼的手再次捲曲。如果我們的到來曾造成任何騷動，現在也被家庭生活這股強勁的潮流席捲而去。

「媽，還有多的螃蟹嗎？」

「多的螃蟹！你問問羅尼我們剩下了多少，正煩惱要怎麼辦。你還沒吃晚餐嗎？」

「還沒。」

母親用她強壯白皙的雙手，將蟹殼下墊的厚報紙整齊地打包。原本的一片狼藉就此消失，留下乾乾淨淨的桌子。戴海絲鋪上新的報紙，瑪蒂達拿來兩瓶冰啤酒，和兩個用來敲開蟹螯的空瓶。不久，我們面前各有了一個盤子，兩小堆紅色螃蟹在上頭整齊地列隊行進。莎朗臉色古怪，但還是埋頭吃了起來，很快每個人都開始取笑她。瑪蒂達教她如何撬開腹部蟹蓋，如何打破蟹螯的一角，讓雪白的蟹肉整塊彈出來。莎朗裝出一副驚奇不已的樣子，雙胞胎立刻就搶著要示範怎麼吸蟹腳。

外面夜色籠罩，那種特殊濃重的黑積聚在水上。蟲子不斷衝撞細密的新紗窗，隨著得得響的敲擊聲被彈了回去。孩子們站在一塊兒，感受著沼澤的玄奧，以及我們身處的圓錐形光線所隱藏的秘密。克雷爾將胃貼在我的椅子扶手上。羅尼努力調整著他的電晶體收音機，先用彎曲的手腕勾著，再將手往回折，使勁轉著旋鈕。他一度張開嘴，斜著眼，目光猙獰。這讓莎朗心煩意亂，在她看來一場危機就在眼前，羅尼就要失去耐性了。沒有人注意羅尼，讓她越來越不安——為什麼沒人來幫他一下？然後，彷彿經過了永恆，瑪蒂達漫不經心地彎下身，調到一個清楚響亮的頻道。羅尼搖搖晃晃轉頭要看她，但是轉的角度不夠。

我發現羅尼盛裝打扮，原來是他們的伊索姑媽本來要帶他和女孩們去看電影。母親提醒羅尼那並不是明確約定好的，但他看起來還是很失望。

「什麼電影？」我問他。

「《連環槍掃蕩戰》（Fort Dobbs）。」他說話的聲音很輕，但不難理解。

「在哪裡上映？」

「月光電影院。」

「走吧。」

羅尼晃著頭，像死人般向後仰。

「我說真的，我也想看。」

他相信我。

我在廚房堵住我媽。

「羅尼怎麼了？」

「幹嘛，沒事啊。」

「他氣色很糟。」

「那孩子就是不肯喝奶！」我媽大聲說。

「他又得肺炎了嗎？」

「他感染急性病毒，糟糟糟糟糕透了。你有聽過感染病毒的人要作臨終塗油禮的嗎？」

「你怎麼不打電話給我？」

「他又沒有生命危險。臨終塗油禮是他的點子，說會強化他的精神和肉體，你有聽過這種事嗎？」

「有，不過他現在沒事了吧？」

她聳聳肩。我母親談到這種事總是輕描淡寫帶過，口氣既不是相信，也不是不信，而是當作一般習俗接受。

「莫泰格醫師說他從沒看過這種事，羅尼半小時後就能下床了。」

有時候我母親提到上帝時，讓我感覺她只是將上帝當作這粗暴的人世中，一項方便的工具，跟其他工具同樣是用來處理她唯一的需要：精明地面對人生中各種打擊。從一開始她就決定要藐視一切，不論好或壞。面對好運或厄運她都同樣戒慎恐懼，不爲所動。我有時候似乎能在她眼中捕捉到這種徹底的懷疑，一種古老的洞見，詭祕而久遠，彷彿來自夏娃本人。失去了最愛的杜瓦，更讓她甘於平庸。什麼內心的渴望就多謝，免了。杜瓦死後，她對任何事都要求簡單白話，甚至是上帝。

「但你知道他現在又想幹嘛嗎？四旬齋期間要禁食。」她瞇上雙眼，這是發怒的徵兆。「他才八十磅重，一腳都踏進棺材了，還想禁食！」她的口氣彷彿在對羅尼和上帝說著惡意的玩笑話。那一瞬間，她有如夏娃附身。

《連環槍掃蕩戰》很棒。月光露天電影院本身就很不錯，並非人聲鼎沸，因而有灣岸邊松林地的荒涼感。蚊蚋在投影光線中泅泳，銀幕在甜美沉滯的空氣中閃爍，但在電影中我們身處沙漠。克林華克（Clint

Walker）在黑色天空下踽踽獨行。他是個獨行俠，一個漫遊者。羅尼很高興，戴海絲跟瑪蒂達原本是坐在椅背上，現在移到了放映機下的長板凳，吃著棉花糖。羅尼喜歡坐在引擎蓋上，背靠著擋風玻璃，演到一些他知道我倆都會喜歡的片段時，就會回頭看看我。莎朗也很高興，她認爲我是個好人，願意帶羅尼出來看電影，覺得我很無私。真是的，她就像電影中的那些女孩，非要你證明自己是個多麼善良無私的好人，熱愛小孩子和狗，才願意傾心。她拉著我的手置於膝蓋下，三不五時一陣緊握。

克林華克騎馬行過不毛之地，爬上一座孤峰，停了下來。他下馬，蹲踞，吸著一片豆科灌木葉，研究地勢。幾棟破舊的房舍聚集在下方峽谷中。我們對他一無所知，不知他來自何方，也不知他要往何處去。

這是一個美好的夜晚：快樂的羅尼（他回頭看我，帶有我們共享同一個秘密的熱烈神采。那個秘密就是，莎朗永遠不會瞭解我們在電影中看見的某些小細節。就像克林華克用最輕柔、最從容的老式維吉尼亞口音對著浪跡的牛仔說：「先生，相信我，換作是我就不會那麼做。」看到這兒，我們彼此心領神會，羅尼爲此樂不可支，不知道該看克林華克，還是看我），戲院的幽魂，南方的暖夜，西部的沙漠，還有身旁這大美人，莎朗。

這是一次很好的現實替代。現實替代在我定義是去體驗新事物，卻有超出預期的新體驗。比如說，首度到墨西哥的塔斯科不算是現實替代，頂多只是非常普通的出遊；但在途中迷路，並發現一個隱密的山谷那就是了。

就我回想，只有一次現實替代的經驗可能更勝此次，那是在戰前看的一部電影，名叫《黑水》（Dark Waters）。我是在巴拉塔利亞區的拉菲特戲院看的。湯瑪斯米契爾（Thomas Mitchell）和瑪兒奧白朗（Merle Oberon）住在路易斯安那州沼澤中一間腐朽的大宅裡。有天晚上他們駕車進村——竟然是去看一部電影！現實的替代中還有再現。我欣喜若狂，情緒翻騰。不過《連環槍掃蕩戰》已經夠好了。我在心中像《玫瑰騎士》的奧克塔文伯爵般高歌，我、羅尼和這高貴女孩間洋溢著快樂，他們皆有同感，相當識趣地一言不發。

# 3

凌晨三點突然驚醒，四周是夢和往日回憶的味道，像煙霧般充斥卻又突然散去。我如此一名年輕人，不過二十九歲，卻像老年人一樣夢境不斷。一到夜晚，往昔就會回來，在我床邊如幽魂般徘徊。

母親幫我在門廊一角架了個吊床。那是個好位置，沼澤環繞，木樁隨著每次水的拍擊而輕晃。

儘管如此，我過去的棲身之所已經耗竭（一個地方會因爲交替反覆使用而耗竭），於是當我醒來，就深陷日復一日的掌握中。日復一日是敵人，任何追尋都將因此變得不可能。或許曾經，日復一日沒有如此強大，一個人可以藉由蠻力掙脫其掌握。但現在沒有什麼力量能掙脫了，除了災難。我這輩子只有一次曾掙脫過日復一日的掌握：當我躺在壕溝中流著血的時候。

突然一陣怒火上湧，我彷彿急症發作，一個翻身跌落在地，躺在木板上打顫，比沼澤中最不幸的麝鼠還悽慘。不過我仍然發誓：要是被日復一日打敗，我就是龜孫子。

（日復一日現今無所不在了，從城市開始，蔓延到鄉間最偏遠的角落，甚至是沼澤。）

連續好幾分鐘，我像根木棍般僵硬地躺著，呼吸沼澤散發出的黑色氣體。

我母親或父親兩方的家族都不瞭解我的追尋。

母親的家族認爲我失去了信仰，他們祈禱我能重新找回來，我根本不懂他們在說什麼。據我所知，其他人年幼時都很虔誠，之後才逐漸變得懷疑（或者，如他們在《我如此相信》中所說：「慢慢地，我長大後，就不再相信組織宗教的教義信條了。」）。我不是如此。我的無信仰從一開始就不可動搖。我對上帝完全無法理解。或許真有上帝存在的證據，但那不會造成絲毫差別。就算上帝本人在我面前現身，也不會改變什麼。事實上，我只要一聽到上帝這字眼，腦中的布幕就會落下。

父親的家族則認爲沒有上帝的世界才合理，只有白癡才知道什麼叫美好生活，也只有惡人才能過得起那種生活。

我兩邊都不知道他們在說什麼。真的，完全無法理解。我能做的只有像木棍般僵硬地躺在吊床下，被日復一日纏得死緊，發誓在我的追尋能更進一步之前，將一動也不動。沼澤在我下方吐著氣，湖口的另一頭，有隻夜鷺宛如引擎發動振翅而起。終於，緊箍著我的力量鬆開，我從椅子上拿起褲子，翻出筆記本，在黑暗中草草寫下：

明日備忘

可供追尋著手之處：

從天地萬物和驗證上帝開始不再有效。

然而要將上帝完全排除亦不可能。

唯一可能的著手之處：一個奇怪的事實——個人自身無可動搖的冷漠。即便證據確鑿，甚至上帝親現，一切都不會有任何改變。這就是最奇怪的事實。

亞伯拉罕看見上帝顯靈，並且深信不疑。而現在唯一的神蹟就是世上什麼神蹟都不會造成差別。這是上帝反諷式的報復嗎？但我看穿祂了。

# 4

**恰普的、恰普的、恰、恰，恰普。**沉默。**恰普的、恰普的、恰、恰，恰普。**

聲響彷彿大難臨頭，其中有種急迫感。非做點什麼才行，拜託想想辦法吧。然後是顏色，一種無法忽視、非常糟糕的顏色。接著是一陣痛苦。但沒有用，那只是聲音，而且是在外面的世界，完全無計可施。醒來。

**恰普的、恰普的、恰、恰，恰普。**沉默。

「真他媽該死。」

不到十呎下方，兩個男人正要啓動一架掛在漂亮藍色小船上的外部馬達。船漂進一座迷你碼頭，碰一聲撞上。世界一片乳白色：天空、湖水、莽原都是。水面氤氳，散著蒸氣，卷鬚狀的薄霧像飄煙般聚集，一道白光筆直如尺地劃過沼澤。

「你幹嘛不把針閥拴緊？」

「你幹嘛不閉上嘴？」

說話聲在這蒼白的世界聽來尖細衰老。其中之一肯定是我繼父，羅伊史密斯。沒錯，正是那個舵手。

綠色的帽舌遮住了他的臉，只露出飽含怒氣的嘴唇。但我認得他的手臂，肘窩在糾結的肌肉中顯得渺小，前臂就跟小火腿一樣粗，黑色光澤的毛髮從錶帶縫隙間竄出。他抱著紅色馬達遮罩坐在一旁，結實強壯的腹部埋在雙腿間。

羅伊向後靠，擺好姿勢，猛然將繩索使勁一拉。馬達發出一聲低沉的嘶吼，一切隨之改觀。船頭那個較和氣的男人吃了一驚，船抵著碼頭傾斜時，他頓失重心。不過現在船朝著開放水域而去，兩名漁人迅速地坐穩身子，一臉安詳並充滿了希望。羅伊史密斯看起來興高采烈、氣色紅潤；他身材魁梧，卻依然青春洋溢。湖水像茶一般蒸騰，不斷冒著水汽。船身消失在不遠處一片白茫茫中，聲響突然減弱，彷彿撞進了棉花裡。

一棵奇形怪狀的橡樹從白茫茫中浮現，懸立在半空中，像是中國山水畫中的樹。時間一分一秒過去。一隻白鷺收起輕盈堅韌的翅膀，斜眼盯著水面。身後的紗門輕聲開啓，母親拿著根釣竿來到碼頭。她將釣竿擱在扶欄上，放下一個蠟紙包裹，搔著衣袖下兩隻手臂，環顧四周，打起呵欠。「嘻——吼。」呵欠聲就同這清晨一樣蒼白。她上身穿著一件羅伊的軍服上衣，因爲胸脯大，看上去還算合身；腳上踩著藍色帆布鞋，穿了條前面沒有拉鍊的女性高腰牛仔褲，包覆住她碩大的臀部；一頂棒球帽遮住了鋼絲般的頭髮，她看來就像那些在路橋上釣魚的女人。

母親將紙包裹打開，拿出一把軍刀將凍蝦敲散。再將蝦切成整齊的粉紅色方塊，用刀將餌排列在扶手上。她不時停下來揉揉鼻子，清清喉嚨，哼著老歌。爲了確定有足夠空間，她走到碼頭邊緣，手臂往後伸展，畫出一個大圈向前甩，動作雖顯笨拙卻很熟練，最後手腕形成一個非常有女人味的角度。捲線器嗚嗚作響，浮標飛得老遠，鉤上的蝦餌在空中迴旋，落在氤氳的薄水上時，幾乎沒有激起任何水花。母親有幾秒鐘靜止不動，凝神傾聽彷彿要探知魚兒的想法，然後慢慢收線，不時抽動一下釣竿。

我穿上褲子，赤腳走上碼頭。陽光已經照亮了莽原，但這依然是個沁涼乳白色的世界，只有腳下的銀白色木板感覺溫暖而粗糙。

「你竟然會起得這麼早！」她的聲音叮叮噹噹敲打著水面。

母親現在對我親切寬容，我們可以好好說說話。天色還早，我們被孤立在一片白茫茫的沼澤中。

「要我幫你弄點早餐嗎？」

「不用，我不餓。」我們的聲音在空蕩蕩的清晨中迴響。

她依然拒我於千里。彷彿在對我說，我只是來釣一下魚，跟其他日子沒有兩樣，所以就別太小題大做了。她避開任何親近。我對她所謂稀鬆平常的日子感到訝異，但或許她清楚自己在做什麼。

「要是知道你會這麼早起來就好了，」她語帶怒氣地說，「你就能跟羅伊和金希一起到里戈雷斯去。現在正是鮭魚的季節。」

「我看到他們了。」

「那你怎麼不去！」口氣驚愕不已。

「你知道我不喜歡釣魚。」

「我還有一根釣竿！」

「那也一樣。」

「也是，」她過了一會兒後說，「你從來不喜歡釣魚，就跟你爸一樣。」她迅速瞥了我一眼，這不太尋常。「我昨晚才發現你跟他有多像。」她一次次甩著竿，然後把持住不動。

「他不喜歡釣魚？」

「他自以為喜歡！」

我伸展四肢躺下，將頭靠在一塊木材上。瞇起眼睛看旭日的同時，母親也在虹光中閃爍。一隻蟹蛛在湖口織了一指寬的網，絲線映著陽光彷彿在顫動。

「但他真的不喜歡？」

「嗯嗯——」她回答，用拖延掩飾她的漫不經心。不時會將釣竿用肚子和扶欄夾住，用力擤擤鼻子。

「他為什麼不喜歡？」

「沒為什麼，就是不喜歡。他會說他喜歡，而且也曾經真的喜歡！我記得有一天我們曾一起去小薩拉溪區。他那時生病，威爾斯醫師要他早上工作，下午休息，去釣釣魚，或培養個有趣的嗜好。我記得那天天氣好的不得了，我們在倒塌的柳樹下發現一個潭，我一看就知道那是釣小翻車魚的好地方。於是我說，來啊，從這邊下鉤。他回說，穿過樹嗎？以爲我是在唬他。他釣魚不怎麼行，威爾斯醫師和安西法官是打獵釣魚的高手，而他也裝作喜歡，但其實根本沒興趣。於是我說，沒錯，就從樹葉這邊穿過去，要釣小翻車魚就是這樣。要是沒釣到這輩子最肥美的小翻車魚，我就是龜孫子。結果他完全不敢相信自己的眼睛，整個人興奮得要命。這地點真是完美，他一遍又一遍地說，還說什麼那棵樹這樣那樣，瞧瞧陽光又這樣那樣照著水面，我們明天還要再來，還有後天，整個夏天，我們都要待在這裡！」母親抖動了一下竿子，迅速收線，對著殘破的蝦餌皺眉。「你瞧瞧這些渾蛋畜牲！告訴你，水底下什麼都沒有，盡是些老王八。」

「他隔天有回去嗎？」

「才沒有，根——本——沒——有。」她邊說，邊勾著三塊蝦餌。手臂再次向後伸展，蝦餌迴旋向前飛，母親紋風不動。「你知道我隔天早上提起小翻車魚時，他說什麼嗎？」

「說什麼？」

「『喔，算了，你去吧。』然後就自己去散他那出名的步了。」

「散步？」

「沿著堤岸，走上五哩、十哩、十五哩，不管春夏秋冬。我記得某個聖誕節早晨跟他走過一次。一哩一哩走個沒完，看出去全都是一樣的景色。前面是棕色堤岸，堤岸一邊是棕色河水，另一邊是棕色荒野。

所以等他走到我前頭有半哩遠時，我就想，真是夠了，我這樣累個半死是爲了什麼，就爲了等一下再掉頭走回去？於是我說，老兄，再見，我要回家了，你願意的話可以一路走到納切斯去。」這是我媽看待人生的方式，不管過去還是現在，都帶著漫畫式的誇大。要是她在集中營待過四年，回憶的口吻也會是如此：「於是我跟他說，聽著，老兄，你以爲我會吃這種東西嗎？別作夢了。」

碼頭的木板在太陽下開始變得溫暖，散發出一股松木的氣味。最後一絲霧氣消散而去，留下黑得像茶的湖水。那棵橡樹哀怨地孤立著，可憐啊。對岸的白鷺弓起身子，跟隻鷲鷹一樣瘦削蓬亂。

「他是個好丈夫嗎？」有時候我會故作輕鬆地問，想讓她稍微擺脫一下平凡女性這個天職，但她總是如迴轉儀般不偏不倚。

「好丈夫？我可以告訴你，他是個散步好手！」

「他是個好醫生嗎？」

「那還用說！他那雙手真不得了！如果有什麼外科之手，他的就是了。」母親對我父親的回憶充滿了性質相同的故事。她記得的不是父親這人，而是一個老式的形象。不過現在她想起了什麼，「他很聰明，但不是萬事通！我也教過他一兩件事，我可以告訴你，他很感謝我。」

「什麼事？」

「他曾經暴瘦三十磅。沒有生病，但就是沒辦法吃任何東西。威爾斯醫師說是因爲阿米巴原蟲（那年他認爲所有不知名的病都是阿米巴原蟲；還有一年他全都當作是子宮內膜炎。偷偷告訴你，他幾乎把費利西安納郡所有的子宮都摘掉了）。早餐時，莫瑟端上蛋跟玉米粥，他就只是光坐在那邊盯著看，臉白得像張紙。我呢，也只好什麼都別吃。他會放一口粥到嘴裡，嚼啊嚼，但就是吞不下去。有一天，我想到一個主意。我說，聽著，你都整晚熬夜看書，對吧？他說，對，怎麼了？你很喜歡讀書，對吧？對，沒錯。於是我說，好吧，那我們就讀書。隔天早上我叫莫瑟去忙他自己的事，我提早吃了早餐，並將他的做好端到床上。我拿了一本他的書，記得書名叫……叫《格林家殺人事件》。家裡每個人都讀過這本書。我開始朗讀，他開始聽，而我邊唸邊餵他。我跟他說，你可以吃的，然後一口口餵。我把食物放進他嘴裡，他也吃下去了。就這樣餵了他六個月，讓他重了二十五磅，並重新恢復工作。後來他即使在樓下自己吃飯，我也得唸書給他聽。我如果停下來，他就會發飆。『繼續唸啊！』他會這樣吼。」

我坐直身子，用手遮擋陽光看著她。

母親擤了擤鼻子。「那是因爲……」

「因爲什麼？」我朝水裡啐了一口，口水像絲線一樣展開。

她傾身靠在扶欄上，俯瞰著茶水色的湖面。「好像他覺得光吃還……不夠重要。你懂嗎，對你爸來說，每件事，每分每秒都該……」

「該怎樣，媽？」

她聳聳肩，這次是真的法國式聳肩。「我不知道。該很不得了吧。」

「他到底有什麼毛病？」

「他緊張過頭了。」她立刻回答，聲音回復往常的平板單調，而父親再度消失在古老的形象中。我可以聽見祖父、祖母、艾蜜莉姑媽的回音，那些漫漫夏夜於門廊對話的回音，在那些對話之中，事務得以解決，謎題得以揭曉，無名的得獲命名。我母親從來無法習慣那些肆無忌憚的門廊對話。當一個人開始放言我們門廊上典型的那種嚴肅史詩般高論時，母親就會在黑暗中睜大眼睛，想看清楚發言者的臉，判斷他是不是真像語氣中顯示的那麼認真。身為費利西安納郡波林家的一員，我習慣於黑暗中坐在門廊上，談論宇宙的大小、人的背叛；身為墨西哥灣岸史密斯家的一員，我則習慣於在一百五十瓦的燈泡下，吃螃蟹，喝啤酒。而不論用哪種方式度過夏日夜晚，我都一樣愉快。

「他怎麼會緊張過頭？」

母親將魚鉤抹淨，拿起一個粉紅色方塊，推上鉤子，穿進又穿出。她的手腕渾圓，不是像年輕女孩那樣，而是積了圈肥肉。

「他的心理素質就是這樣。」

這話沒錯。我們過去對心理素質和各種腺體會如何造成陰暗抑鬱的行為，有不少討論。奇怪的是，母親聽起來比我姑媽本人還像我姑媽。艾蜜莉姑媽已經不會說什麼心理素質了。

「他的神經系統就像一台高功率收音機，你知道如果調高音量，再轉到紐奧良廣播電台會怎樣嗎？」

「知道。」我說，不由得回想起一些醫生喜歡用的可悲小比喻，感到難以言喻的沮喪。「你的意思是他並不適合當個普通醫生，應該去做研究。」

「沒錯！」母親驚訝地抬眼，但沒驚訝太久，接著將浮標像子彈般甩出。「水下的先生啊！」她會對著不知名的魚兒說話，要是沒有回應，便開始陷入沉思。「說起來還挺奇怪的，你這麼像你爸，卻又那麼不同。你知道嗎，你身上有我老爸的一些特質——隨和、喜歡吃、喜歡女孩子。」

「我不喜歡釣魚。」

「那是你太懶了。況且，我老爸也不是漁夫，之前就跟你說過，他在金草鎮那邊擁有一個拖網漁船的船隊。不過他真是很喜歡美女，到死都是這樣。」

「有那麼持久嗎？」

「喂喂喂喂！」惱怒之下，母親垂臉將下巴緊貼著喉頭，但眼睛沒有離開浮標，「別跟我油嘴滑舌的！我可是你媽，不是你那些小騷貨。」

「騷貨！」

「對。」

「你不喜歡莎朗嗎？」

「當然喜歡，但她不適合你。」多年來，我媽一直把一件事當箴言般深信不疑，那就是我該娶凱特卡特洛，儘管她其實也把凱特形象化了，根本對她一無所知。「你知道有件事情很好玩？」

「什麼事？」

「像你爸一樣鬱鬱寡歡的不是你，而是瑪蒂達。蕾吉娜修女說她是另一個愛麗絲埃貝爾。」

「誰是愛麗絲埃貝爾？」

「你知道的啊，參加霍勒斯海特音樂騎士樂團徵選，還入選的那個比洛克西女孩。」

「喔。」

母親喉頭顫動，哼著老歌。我瞇著眼睛，視線越過虹光看著她。

「不過他再次生病的時候，我就幫不上忙了。」

「為什麼？」

她面露笑容。「他說我的治療法就像馬血清，只能用一次。」

「那怎麼辦？」

「戰爭爆發了。」

「那有幫助？」

「是他幫了自己。他在床上躺了一個月，就在你床上，那時你住校。他不肯去診所、不肯吃、不去釣魚、不讀書，就只是躺在那邊，看著吊扇。每隔一陣子的晚上，他會走到老中餐廳吃個窮人三明治。那是他唯一肯吃的東西──半夜到老中餐廳吃窮人三明治。那天早上我如同往常留他在樓上，叫莫瑟送報紙和餐盤上去，並撥電話給克雷倫斯桑德斯。十分鐘後我抬頭，他出現了，正下樓來，全身穿戴整齊。像什麼事都沒有一樣在桌前坐下，要了早餐，狼吞虎嚥個沒完，同時還邊讀報紙，根本沒注意到自己在吃東西。我問他發生了什麼事。發生什麼事！德國入侵波蘭，英國、法國都宣戰了啊！我告訴你，不到三十分鐘，他就吃完早餐，拿個手提箱到紐奥良去了。」

「去幹嘛？」

「去見加拿大領事。」

「對，我記得他跑去安大略省的溫莎鎮。」

「那是兩個月後了。他兩個月內增加了三十磅。」

「他興奮什麼啊？」

「他知道那代表什麼！晚餐時他跟我們全部人說：時候到了，我們遲早都會參戰，其實現在就該參戰了，我可不要空等。他們都好以他為榮，尤其是卡特洛夫人。當他那年春天回家時，一身藍色制服，別著空軍醫官的金色翅膀，我發誓，那是我這輩子見過最英挺的男人。真是帥啊！我們共度了一段最美妙的時光。」

他當然帥。他找到了兩全其美的方法，既能討好他們，也能討好自己。遠走高飛，做他想做的事，還能解救英格蘭，說不定甚至能達成最崇高的目標：壯烈犧牲。爲家人也爲自己贏得真正的榮耀（不過就連他也沒想到自己不但成功犧牲，而且還是死在克里特島暗紅色的海水中）。

「在那之前他也是很懶啊。」

「才不是！」

「媽，那不是懶惰。部份是，但不是全部。我跟你說一件怪事，戰時有件糟糕的事發生在我身上。我們那時正要從清川江撤退，先用曳光彈點燃草原擋住了中國人，只剩下一連突擊隊在我們後方殿後。原本以爲只是單純的撤退行動，結果卻在撤退路線上遭到了埋伏，不得不掉頭轉往西邊。我被命令回到交叉路口，通知殿後那連突擊隊計畫有變。我回到那邊等了半小時，覺得好冷，結果就睡著了。等醒過來時天已經亮了。」

「而你不知道突擊隊過去了沒？」

「不只那樣，有很長一段時間，我什麼都不記得，只知道有某件事出了嚴重差錯。」

「突擊隊晚上有經過嗎？」我媽臉上帶著笑容問，確信我一定有盡忠職守。

「並沒有，但那不是……」

「他們發生了什麼事？」

「他們被截擊。」

「你是說他們全陣亡了？」

「他們剩下的人本來就不多。」

「真可怕。我們永遠不會知道你們這些男孩子經歷了什麼，但至少你對得起良心。」

「困擾我的不是良心。我要說的是，做什麼似乎都是白費力氣，就算真的有意義，我也不會記得。如果有人來跟我說：請你放下手邊的事四十分鐘，開始全力以赴，我保證你會發現治療癌症的藥，並譜寫出最偉大的交響曲——我也不會感興趣。你知道爲什麼嗎？因爲那對我來說還不夠。」

「那樣很自私。」

「我知道。」

「我告訴你，如果他們派我上戰場，說：安娜，堅守陣地，開始射擊。你知道我會怎麼做嗎？」

「怎麼做？」

「我早就逃之夭夭了。」

我想像母親在中國軍隊前慌張逃竄的畫面，不禁笑了。

「不過我們永遠不會瞭解那是什麼感覺。」母親補充道，但其實她心不在焉。我真的忍不住要笑她。

她搓揉著一個粉紅色小方塊，好讓魚兒能聞到。「你知道嗎，傑克？」她的雙眼滿溢著慈愛，但那慈愛小心地隱藏了私密真誠的情感，而刻意顯得陳腐平庸。「說到這兒還真巧，信不信隨你，前幾天羅伊跟我聊天，他說，這可不是我說的，他說你去做那種事一定很適合。」

「哪種事？」

「研究癌症。」

「喔。」

沒什麼魚上鉤。白鷺振翅而起，從身邊飛過，近得可以聽見翅膀骨骼的軋軋聲。

# 5

早餐過後，因爲彌撒的事掀起一陣波瀾。史密斯一家人，除了羅尼外，從來不談論宗教。這個話題會讓他們尷尬不已，令他們轉移視線，清清喉嚨，竊竊私語個一兩分鐘，直到話題改變。但我聽他們爭論去哪裡望彌撒這種枝微末節的問題，已經四十五分鐘了。個個都帶著宗教的激情，彷彿爭辯是九點在比洛克西的彌撒好，還是十點半在聖路易灣的更好，他們其實是在討論宗教，而誰又能說他們不是呢？但這樣或許也好，如果他們跟我提起上帝，我肯定會去跳湖。

羅伊史密斯剛從里戈雷斯回來，我跟他提議讓莎朗和我留在家裡照顧尙保羅。「喔，不需要，」我媽垂著眼皮說，「尙保羅也可以去，我們都要去。莎朗也要去，對吧，莎朗？」莎朗笑著說很樂意。她們倆之前聊得很開心。

教堂很古老，在比洛克西城郊，看起來像間郵局，是個很官樣外表的地方。階梯已經被踏出扇葉邊，銅製扶手跟門牌被摩娑得跟金子一樣亮。我們提早抵達，好讓羅尼能被推到柱子旁一個特殊的位置。彌撒開始前，我們已經擠得跟沙丁魚一樣了。一個女人穿過走道，傾身俯視著我們這排長椅，給了我一個特別嚴厲的眼神，我不爲所動，這就跟坐地鐵一樣。羅伊史密斯將座位讓給一個小女孩，跟其他幾個男人一同跪在走道上，像美式足球員單膝著地，手肘擱在另一邊立起的膝蓋上，雙手交握。他即時回家換了件乾淨的格紋襯衫，臉色因血氣而暗沉；專心研究著水磨石地板上的缺損，鼻息聲清晰可聞。

莎朗怡然自得，她有某些新教女孩獨具，讓人驚訝的寬容：一旦習慣於史密斯家極端的不虔誠（他們在這裡幹嘛？她想），她就眨著黃色眼睛四處張望。（她心想：他們可真古怪，全部都是，他也是——之前為了來這裡爭論半天；現在來了，還沒開始卻彷彿已經結束——每一個都眼神空洞，心不在焉，神父已經轉過身去了。）

領聖餐的鈴聲響起時，羅伊猛地起身，領著羅尼到扶手尾端，我只能看見羅尼的一叢紅髮搖搖晃晃地前進。神父來到身邊時，羅伊單手托住羅尼的臉，保持穩定，邊托邊皺著眉，一派敷衍，雙眼卻像老鷹般明亮。

# 6

女人都在廚房裡，我媽在清理鮭魚，莎朗坐在窗邊，膝上滿是四季豆。木板窗框對著沼澤向外開啓，一群紅翼鶇鳥在窗外像敲葫蘆般呱呱叫，撲倒香蒲，伸展兩翼秀著牠們鮮紅色的羽翅。尙保羅滿地亂爬，肥嫩的小屁股在地板上打轉，鯊魚般的肌膚和粗糙的木板地摩擦發出陣陣低語，還把手指伸進地板縫隙間享受湖水的拍打。我在門廊上，耳邊傳來早晨的聲音、近午時紅翼鶇鳥的聒噪、和女人的交談。交談間穿插著自在從容的沉默，氣氛融洽，這並非因爲她們的話語有多相近（畢竟她們差別可大了：莎朗特意內地式的驚嘆——「我不知道小龍蝦也有人吃啊！」——她的意思其實是在尤福拉，只有黑人吃小龍蝦；和我母親平穩帶著鼻音的低哼——「如果羅伊今年要有濃湯，他最好花錢去買。你知道熬濃湯要花我多少時間嗎？」），而是因爲其中共同的女性特質，以及身處在廚房這簡單有序的小天地中。

孩子們跟著羅伊在滑水。藍色小船在湖上來回，像把刀切開黑色湖水。各種裝備堆在碼頭邊，有黃色尼龍繩跟深紅色救生索，在太陽下閃著刺眼的磷光。

羅尼看到我，輪椅衝向我的吊床。星期天他身穿西裝，頭戴翻簷毛帽。他把外套脫了，但領帶依然打得端正，並用領帶夾牢牢固定。羅尼盛裝打扮的時候，看起來就像一個參加婚禮的小鄉巴佬。

「你要繼續捐獻嗎？」

「好啊，你得多少分了？」

「一百一十四分。」

「還不是第一名嗎？」

「是，但不表示我會永遠保持在第一。」

「多少錢？」

「十二塊，但你不一定要捐。」

雲層從善達魯爾群島捲來，看似不動，但其陰影像股黑色的風般拂過草地。羅尼無法直視我，他努力將眼睛對上我的眼睛，但頭晃得更厲害。我坐起身子。

羅尼用糾結的手指收下錢，打算放進皮夾裡，那皮夾笨重擁腫，有個塑膠封套裡面塞滿了聖像卡。

「今年第一名的獎品是什麼？」

「一台天頂牌最新型收音機。」

「但你已經有一台收音機了。」

「那只有標準波段。」羅尼注視著我，藍色的目光中飽含話語，有專屬的句子和標點。「如果有台天頂牌，我就會把電視拋到一邊。」

「我會重新考慮，電視可以提供很多樂趣。」

羅尼一副在重新考慮的樣子，但他其實很享受這種對話，嘴角有抹微笑流連。羅尼平板的說話語調讓他有種優勢，一種跟外國人相同的優勢：他的言詞不會聲嘶力竭，就像是在牆上敲著摩斯密碼。有時候他會直截了當問我：你愛我嗎？而我可以直接敲回去：我愛你。

「此外，我認爲你不該禁食。」我跟他說。

「爲什麼？」

「去年你感染了兩次肺炎，禁食對你沒好處，我想你的神父也不會允許，不信去問他。」

「他允許了。」

「什麼理由？」

「克服一項惡習。」羅尼常在一般對話中加入天主教特有的用語。有一次我對琳達說的一些蠢話被他聽到，他跟我說不用擔心，因爲那不是惡意的謊言，而是「嬉鬧式謊言」。

「什麼惡習？」

「忌妒的惡習。」

「忌妒誰？」

「杜瓦。」

「杜瓦已經死了。」

「對，但忌妒不只是見不得人好，以他人的不幸為樂也是。」

「你還在擔心那個？你不是歸咎自己，並獲得赦免了嗎？」

「對。」

「那就別那麼死心眼。」

「我不是死心眼。」

「那問題在哪裡？」

「我還是很高興他死了。」

「為何要不高興？他可以當面見到上帝了，而你不行。」

羅尼對我咧嘴而笑，笑容中炫耀著我們彼此心領神會的某種默契：讓他們去滑水吧，我們有更棒的東西。他的表情很複雜。他知道這些爭論只是場遊戲，規則由他制定；而我也心知肚明，自願奉陪，但他不介意。

「傑克，你記得杜瓦那次到傑克森參加運動會嗎？在美國史問答贏得第一，隔天還獲選全州最佳後衛那次？」

「記得。」

「我那時希望他輸。」

「那傷不了杜瓦。」

「但傷到我了。你知道這種重罪會對靈魂造成什麼影響嗎？」

「知道，可是我仍然不會去禁食，反而會專注在聖餐禮上，這樣似乎比較正面。」

「這倒是。」熱切訴說著什麼的藍眼睛跟我的雙眼接觸，凝視，撇開，再度凝視。「但聖餐是活人的儀式。」

「你不想活嗎？」

「當然想！」他笑著說，情願，甚至希望能輸掉這整場爭論，好讓我能跟他得到一樣多的樂趣。

今日多雲，一朵朵飄過，像風帆般鼓脹。乳白色的水汽蒸騰而上，進入高低起伏、層層疊疊的雲中。一條綠色水蛇游過碼頭下，我可以看見牠兩片扁平頭骨間的接合處。牠滑過水面，不興起一絲波紋，神秘地停了下來，對著木椿點頭。

「傑克？」

「怎樣？」

「要去兜風嗎？」

對羅尼來說，我們在一起的週日有套固定程序。先是對談，通常是宗教議題，接著去兜風，最後他會要求我模仿阿金（Akim Tamiroff）拷打他。

兜風很短暫，我們穿過木板路，一直開到沼澤路底。羅尼攀在座位邊緣，迎著風，直到眼中被吹出了淚水。當雲層在莽原上空隆隆作響，沼澤中的生物都沉寂了一秒，緊接著是一陣呱呱亂叫的喧鬧。

回到門廊上，他要我像阿金一樣揍他。我走到他的輪椅前。得真打，不然他不會滿意。我在大學的最後一年，發現自己掌握了阿金坦米羅夫的神態。這大概是我四年來學到唯一有用的東西。

「把那些計畫給我。」

「別這樣，傑克，住手。」羅尼瑟縮著身子，既害怕又喜悅，手像燒焦的樹葉一樣蜷曲。

母親將頭伸出廚房。

「那兩個傢伙真是有神經病。」她轉身面對莎朗，「我告訴你，那個羅尼和傑克都沒救了。」

我跟羅尼吻別之後，他又把我叫回去，但並不是真有什麼話要說。

「等等。」

「怎麼了？」

他眼睛掃過沼澤，面帶笑容。

「你認爲聖餐禮……」

「怎樣？」

他忘了要說的話，不得不直言：「我領聖餐是爲了你。」

「我知道。」

「等等。」

「怎樣？」

「你愛我嗎？」

「愛。」

「多愛？」

「相當愛。」

「我也愛你。」但他彎曲的手腕已經勾起了收音機，正粗暴地擺弄著。

# 7

回家的路上，MG被失落感包圍。這並非出乎意料，因爲星期天下午總是失落感最氾濫的時候。數以千計的車輛沿著灣岸排成一列，上有全家大小，每個人都好似在頭痛，露出同樣空洞的神情。空氣中有股精疲力竭的氣息，陽光含著惡意陣陣擊打著水面。儘管如此，這仍是個美好的週日下午。一條美麗的大馬路，一萬輛帥氣的車，五萬名漂亮、營養充足、心地善良的人，而失落感就像輻射塵紛紛落在我們身上。

懷著憂傷和一線希望，我將手放在莎朗大腿的最深處。

她精力充沛地將我的手拍開。

「小子，別跟我胡來。」

「好吧，我不胡來。」我沮喪地說，心裡其實既想胡來，同時卻也意興闌珊。

「不要緊，你過來。」

「我就在這裡。」

她給了我一個吻。「我知道你打什麼主意，小子。不過沒關係，你是個好孩子，很會逗我開心。」她跟我媽聊過了。「現在你安分點，送我回家吧。」

「爲什麼？」

「我得跟某人碰面。」

# 第四章

# 1

山姆葉格在人行道上等我，那形象無比巨大。真的，他的腿就跟大象一樣粗壯渾圓，套著厚重的直筒亞麻褲和閃亮的厚底皮鞋。看見他，一陣劇痛深入我骨髓；他的舉止文雅但充滿急迫感，就像個專門傳遞噩耗的特使。有人死囉。

他肯定是在等我。一看到我的MG，他就做了個難以理解的手勢，快步走到馬路邊。

「到地下室跟我會合。」他壓低聲音說，說完立刻轉身走上木板階梯，腳步像槍聲一樣迴響。

山姆看起來氣色很好。雖然滿身狼狽、紅著雙眼，卻仍保持原有的風度，從他那熊般的大頭和肩膀開始，軟領豎立如襞襟，遮蓋著頸後的毛髮，到一雙象腿和黑色皮鞋，全都整體而協調。如果能像他一樣風格獨具，就算紅著雙眼、一身狼狽其實也無妨。他留著上個世代尼爾森艾迪（Nelson Eddy）的髮型，頭髮在前額形成兩道波浪。

山姆葉格的母親，梅蒂姨媽，嫁給了安西法官的事務所合夥人，班葉格老先生。在東岸唸完大學後，山姆就遷離費利西安納郡，在《紐奧良簡報》工作。一九三零年代，他寫了本關於法語黑人的幽默書，書名叫《彥比拉亞——呀——呀》，後來被搬上舞台，並改編成電影。戰時，山姆是一間新聞通訊社巴黎分社的主任。我記得聽過哥倫比亞廣播公司一位新聞評論員稱他是「能幹且消息靈通的記者」。他跟喬兒克雷格的婚姻維持了一陣子。喬兒是紐奧良的大美人（她有種低沉迷人的嗓音，而且總是在幾杯上好威士忌下肚後，變得更豐富悅耳，那聲音充盈我耳中，就像山姆的形象一樣無比龐大）。他們先是住在法國區，然後搬到墨西哥的恰帕斯，我曾在一九五四年去那裡拜訪過他們。他在那兒寫了本小說，書名為《榮光與恥辱》，根據書封上所述，是在處理「人的邪惡以及必然的孤獨」。山姆在一個偏遠地區尋找古代遺跡時跌斷腿，差點送命，幸好有印地安人發現了他們倆。他和喬兒非常喜歡彼此，而且喜歡開一些乍聽之下很隨便的玩笑。例如，山姆喜歡說喬兒一點想像力都沒有；而在他們結婚前，喬兒喜歡說她厭倦了做山姆的娼妓。我喜歡聽她用那甜膩的嗓音說出娼妓兩字。她喜歡叫我少尉：「少尉，我終於明白你什麼地方吸引我了。」「什麼地方？」我不安地轉過身問道。「你有格調，少尉。」被這麼說不是什麼好事，因為如此一來，我說任何話、做任何事，都無法不意識到自己的格調。我到墨西哥拜訪時，他們在對方面前互相吹捧，讓人有點尷尬。「他真了不起，」喬兒跟我說，「我們在山崖下躺了三十六個小時，他的大腿骨還穿出皮膚兩吋，而你知道他跟我說什麼嗎？他說：小皇后，我大概快要失去意識了，在那之前，我要給你一句忠告——老天，我以為他知道自己要死了，想告訴我他的書要怎麼辦——而他卻很嚴肅地說：小皇后，多聽巴哈跟早期義大利音樂就對了——然後就像條青魚冷冷地昏了過去。而說真的，那建議還真不壞。」山姆會這樣說喬兒：「她是個好女孩。永遠要好好珍惜你的女人，賓克斯。」我跟他說我會的。那年夏天我有很多地方要感謝他。我在墨西哥城市大學遇到一個來自加州大學的女孩，名叫佩特帕布斯特，她跟我一起來到恰帕斯。「永遠要珍惜你的女人。」山姆對我說，拄著枴杖，風度翩翩的踩著步。我看向佩特帕布斯特，知道她是來墨西哥尋找真正有意義的事物，結果那就在眼前：老山姆，一個壯碩的作家，有張貝多芬式的黝黑臉龐，以一種斯多葛學派的優雅四處打轉；還有我，背著帆布背包，帶著一點老維吉尼亞腔在說話。這正是她那小小加州內心所渴望的一切，於是死命巴著我不放。山姆離開墨西哥之後——鄉愁突然淹沒了他，一種渴望往日再現的典型情緒——回到費利西安納，在那裡寫了一本懷舊的書，書名是《樂園》，評論稱讚書中巧妙融合了對種族問題的寬容，以及對南方傳統農業價值的情感。他早先的一本書名爲《詛咒之地》，書封上形容此書「慷慨激昂地爲包容和理解請命」，不過在費利西安納並未受到太多迴響。山姆不時會來紐奧良巡迴演講，並拜訪我姑媽，找凱特和我吃喝玩樂一番。我們很喜歡見到他，他總稱呼我安迪老弟，稱凱特爲露比小姐。

「我們得帶凱特離開這裡，而這需要你幫忙。」

山姆急急忙忙穿過凱特的新隔板，在小庭院中來回踱步，我弓著身子坐下，滿懷失落發著呆。我發現凱特已經開始去除地下室牆上的灰泥，曝露出更多磚頭。「情況是這樣，她要去紐約，而你要帶她去。今天就去，在那邊等我，我過十天會回去。她要去看伊大祖，你聽過他吧，就是那種文藝復興式的天才，對克諾索斯古文物的鑽研，跟他的醫學研究一樣出名。他自己長期有病在身，所以只接少數病人，但他願意看凱特，我已經打過電話了。但最棒的是這個，我安排好讓她去跟公主一起住。」

「公主？」

我們頭上傳來一陣聲響，我瞇著眼抬頭望向稀疏的陽光。貝西科依——連名帶姓是爲了跟洗衣婦貝西巴漢做區別——雀斑臉，白嘴唇的女黑人，從僕人走道探出身子，甩著一支拖把。她是廚房的幫傭，喜歡用老式風格跟我打招呼。「賓克斯先生。」她在我頭上刺耳地高喊，聲音傳遍整個社區。這種招呼誇張滑稽，但一片善意，甚至似乎在邀請我也加入這種滑稽。

「她七十五歲了，有點年老色衰，但是我認識僅次於艾姨，最迷人、風趣、聰明的女人。她在聯合國所做的貢獻，比整個美國代表團還多。她家永遠充滿讓人興奮的能量。我認爲凱特已經是個很棒的淑女，到那裡必定可以找到自我。總而言之，公主她需要一個伴。我離開紐約當天晚上，她跟我說：『聽好了，你在美國南方家鄉的時候，把這當成首要任務：幫我找一個南方好女孩。你知道我心裡想的是哪一種女孩吧。』當然她心目中的南方人，是跟老式俄國仕紳有獨特相似處的那種。我沒有把這事放在心上，直到昨晚看著凱特登上階梯，我心想：『天啊，根本是娜塔莎羅斯托夫*。』你有發現嗎？」

「娜塔莎？」我眨著眼說，「怎麼回事？凱特有發生什麼事嗎？」

「我不確定發生了什麼事。」山姆三七步站著，一手扶著手肘，手臂在身前上下擺動，慢慢集中起精

*《戰爭與和平》的女主角

神，專注地抽了口煙。「凱特半夜兩點上床的時候，確實沒有什麼異狀。相反地，她興致高昂。她、我、艾姨，我們三人暢所欲言地聊了四個小時，那是我最盡興的一次長談。她真是紐奧良最迷人的女人，而她自己也清楚得很。」

（是啊，親愛的凱特，我也清楚。我很清楚你顛倒眾生的老把戲：當一切陷入失落，人們對你只有絕望，就在這最黑暗的時刻，你會光彩奪目地登上舞台。）

「艾蜜莉和我多聊了一會兒，然後上床睡覺。時間還不到兩點半。四點的時候我被吵醒，被什麼吵醒已經想不起來了，但醒來後一種不對勁的感覺揮之不去。我走到門廊，凱特的門下透出燈光，但什麼聲音也沒有。所以我回到床上，直睡到八點。」山姆用平板的聲音說著，以一種專業風格，快速精準地條列著事件。「十點鐘凱特還沒下來吃早餐，艾蜜莉就叫莫瑟把餐盤托上樓，這時候朱勒已經上教堂去了。莫瑟去敲凱特的房門，並用樓下都聽得見的聲音叫門，但沒回應。艾蜜莉此時很明顯心急了，要我跟她一起上樓。我們在門外拍打喊叫了十分鐘（你知道十分鐘有多漫長嗎？），然後我不管三七二十一，將門踹開。凱特在床上熟睡，在我看來是如此。可是她的呼吸很淺，而且桌上有個打開的藥罐，但並不是空的，我判斷大概還剩三分之一多一點。艾蜜莉怎樣都叫不醒她，於是她——艾蜜莉——變得很激動，要我去打電話給明克醫師。當然，醫生到的時候，凱特已經醒了，正大發雷霆，那神態充滿惡意和喝醉酒似的暴力。她對艾蜜莉展現出一種冷酷的暴怒，真的很嚇人。當她叫我們滾出去時，告訴你，我立刻乖乖照做。明克醫師幫她洗胃，打了興奮劑……」山姆看著手錶，「……那是一個小時前的事。那傢伙很有膽識，沒有把凱特送到醫院去，雖然那樣會比較保險。艾蜜莉問他有什麼建議，他說凱特答應星期一會去看他，這樣就夠了。至於安眠藥，真有人想吞，沒人能阻止。順道一提，他也是伊天祖的崇拜者。我們本來想設法拿到那個藥罐，不過……」

「山姆！」是我姑媽的聲音，低沉而充滿言外之意，從上方傳來。

山姆低頭，目光穿過手臂，看著腳跟互相對齊。我緊張地起身，擔心山姆可能忽略了我姑媽聲音中的警告。

「還有一件事。奧斯卡和埃德娜來了，你不知道他們會來吧？但或許這樣也好，因爲現在對凱特來說是個尷尬的時刻。重點是要讓她盡量展現自我。我們的想法是：你現身，什麼都不知情，只是來找她下樓吃晚飯。」

姑媽在餐廳跟我四目相接，我走進去吻她，並跟奧斯卡波林寒暄。一切似乎風平浪靜。朱勒姑父跟埃德娜嬸嬸一同在笑著什麼。雖然艾蜜莉姑媽在發呆，三根手指撐著太陽穴，但說起話來卻興高采烈，我不禁懷疑山姆是否言過其實。奧斯卡叔叔和埃德娜嬸嬸從費利西安納郡來參加嘉年華會和春遊——一個老屋和露台的年度參觀巡禮活動。埃德娜嬸嬸是個矮胖結實的女人，有著明亮的黑眼睛和稀薄鬚髭。雖然她至少有六十五歲，卻依然滿頭黑髮，整齊地繞過耳朵向後梳，每每讓我想用「烏黑亮麗的秀髮」來形容。奧斯卡叔叔衣著正式，但你可以看出他帶有鄉村的氣息。他是上一輩波林兄弟中的老四，沒有選擇做軍人、律師、醫生，而是開店做店主，直到近來成功開放林梧古宅供遊客參觀，一人收一塊錢爲止。在某些表情的轉變和腦袋的擺動上，他和安西法官驚人的相似，但他鼻樑較平，額頭較軟，愉快的淺藍色眼睛中多了一分和善。因爲兄弟紛紛過世，姐妹出嫁遷居，奧斯卡叔和埃德娜嬸繼承了老家。說老實話，那地方無甚可觀之處（從沒人想過要取名字，直到埃德娜將其命名爲林梧古宅），只是棟陳舊雜蕪的大宅，除了深闊的陽台和橡樹遮蔭的大道外，沒什麼特色。但奧斯卡叔和埃德娜嬸將那裡整修得美輪美奐，甚至還贏得了固定參與杜鵑花節的資格。奇怪的是，並非奧斯卡叔這個在地人將屋子修復成漂亮的納切斯風格——在戶外廚房加了條有頂步道，之前波林家除了棕櫚酒沒喝過別的，現在則供應薄荷飲料，甚至還要可憐的老薛穿上酒保的服裝，拿著用餐鈴站在大道上——這些都不是奧斯卡叔的主意，而是出自埃德娜嬸，一位來自紐約州北部，藥房老闆的女兒。奧斯卡叔在普拉茨堡爲第一次世界大戰受訓時，跟她相遇，進而結婚。

我彎身親吻姑媽時，她沒有給我任何暗示，除了慣常的陰鬱表情，和照例迅速地輕拍兩下我的臉頰之外，沒有一點跡象，除非這是某種深沉的反諷，陰鬱之下的陰鬱。

上樓的時候，傳來一陣如鯁在喉的短暫語音，在椅子刮過地面的聲音中嘎然而止，彷彿想要對我傳達什麼，卻又後悔，於是那語音如同平日屋內的各種聲響，不著痕跡地消失了。樓梯平台上有間陰暗的小夾層，被當作傢俱儲藏室。那種地方就跟壁畫一樣，就算每天經過二十次，也不會想進去，甚至連看都懶得看。一旦進去了，就猶如走進畫裡般古怪，是一幅有深度的靜物圖，裡面空無一人，從那裡看出去，整間屋子，下方的客廳和餐廳，似乎都突然變得崇高而陌生。凱特在室內的陰影中，坐在陶瓷壁爐邊，壁爐上的玻璃櫃中放了獎牌、有簇飾的波希米亞拖鞋、黃金包覆的水晶，以及路易西安那州第二步兵團艾力克斯波林上尉的老相片。這些不僅僅是被鎖在玻璃盒中，而且是被永遠封存並嵌進了牆裡。想到這些小東西連同一九三八年的空氣一起被永遠地隔離，這種囚禁所形成的永恆過去，總是激起我無盡的思索。凱特一副自外於所有人的模樣，獨自坐著，雙手交抱，熱情地在雙人沙發上爲我騰出空間。我後來才發現她爲何看起來這麼漂亮：她盛裝打扮過了，這倒是聖誕節之後頭一次。身上傳來香水的氣味，尼龍襪包覆著小腿，白洋裝跟她的深色肌膚成對比，那是件曲線玲瓏、帶荷葉邊的高雅洋裝。她把洋裝收攏，騰出空間給我。我們坐的角度可以看見餐廳和所有座上客，除了我姑媽，只能看見她的右手彎到椅子扶手下，摩擦著鼻子已經裂開剝落的獅臉裝飾。

「去跟媽說我很好，等一會兒就下去。我還不餓。」然後我就真的會好轉，凱特彷彿這麼說著。她感覺其他人在等她，這種感覺強行闖入了她的夾樓。

我回來的時候（姑媽聽到我的轉達，嚴肅地點了一下頭），凱特正在抽煙，深吸一口，再從肺部深處朝空中吐出一縷輕煙。雙膝交疊，擺動著小腿，手拿打火機擱在膝頭上。

「你見過山姆了嗎？」她問我。

「見過了。」

「他跟你說了什麼？」

「說你昨晚不太好過，還有莫爾來過了。」我跟她老實說，因爲我缺乏另編一套說詞的智慧。凱特很清楚：我是那種不太機靈的小孩，總是被大人帶到一旁問問題。

「哼，你想知道真相嗎?昨晚其實非常棒，可能是我這輩子最美妙的一晚。」

山姆用刀輕觸酒杯。這是他的習慣，雖然是對著桌子另一頭的艾蜜莉姑媽說話，但把其他人都當作聽眾。他右手邊的朱勒姑父很樂意旁聽，臉上還帶著近乎沉迷的和藹表情看著他。這是標準的「艾蜜莉的晚餐」，山姆正在論壇發表演說，而艾蜜莉是主席。長久以來，精明的朱勒姑父，在艾蜜莉的演講者們身上辨識出共同的優缺點，並歸納出一種固定模式。這些人對每項議題都有最先進的觀點，對少數族群有最敏銳的感性（除了天主教徒，但這對朱勒姑父不成困擾），然而據他觀察，他們都遵守相同的禁忌，頌揚相同的儀節。奧斯卡叔就不然了，往後靠向椅背，抬頭望著吊燈，知道自己跟一群自命不凡的人同桌，但他不會察覺這種事。他隨時會打破禁忌，褻瀆儀節，高談黑鬼、羅斯福總統夫人、外國佬、猶太人，全都拿來相提並論。不過朱勒姑父不會插話，也不會受冒犯。不正經就是他的防衛盔甲，艾蜜莉那些演講者的冷嘲熱諷，他從不會當作是在攻擊自己深刻而沉默的信念。他們能做的頂多就是盡情展現自我，言行舉止正好符合朱勒對「艾蜜莉那幫人」的期待。

山姆敲響酒杯。「上週四，艾瑞克從日內瓦回來，我到機場接他。他的臉跟粉筆一樣白……」

凱特往後靠坐，低著頭望向山姆，像是在包廂中看戲的觀眾。她將一包香煙的玻璃紙拆開。

「我們昨晚就像那樣聊天，很愉快……」

埃德娜嬸嬸探身打斷山姆的長篇大論，她還沒抓住山姆說話的方式，所以心急了。「但一個人能做些什麼呢？」一邊說還邊擰著手。埃德娜嬸人好的不得了，但她是那種我避而遠之的親戚。她的靈魂就在雙眼裡，每當我們碰面，她就會對我投射深奧神智學式的靈魂直視，雖然我也會直視回去，而且通常帶有相當的善意，但這仍舊讓人不自在。

「山姆是個很溫柔、很體貼的人。」凱特說。

「我知道。」

「他很喜歡你。你會去聽他的演講嗎？」

「很樂意，但我明天得早起到芝加哥去。」

「去幹嘛？」

「出差。」

「我們度過了美好的夜晚，但我上床之後卻感到憂心忡忡。你也知道，得小心山姆天花亂墜的言語會把人捧上天吧？」

「知道。」

「飛上天的東西終究要落地，而我那時飛到了十哩高空。」

「我知道。」

「不過我很小心，沒有摔下來。我直接上床睡覺，幾個小時後突然醒來，沒什麼不對勁，意識清醒，思緒敏銳。我想到你的提議，覺得似乎可行，要是我沒有搞砸一切就好了。」

莫瑟分送著一盤蕃薯。在每個座位旁他都會屏住呼吸，腦袋後仰，雙眼圓睜，然後發出彷彿喉嚨被掐住的聲音，大口吐氣。

奧斯卡叔一隻手抬起擱在椅背上，在跟山姆說些什麼。我聽不清楚，但認得那語氣，輕鬆的談笑聲之中，既徵求你的同意，同時也帶有不得拒絕的威脅。我過去很喜歡奧斯卡叔在費利西安納的店，現在聽見他的聲音就依稀能聞到那木地板潮濕的氣味。在當時，到店裡跟他做言語交鋒就是件危險的事。旁觀他在鄉下小店構成的死亡競技場中跟人作戰很刺激，看他全力擊潰對手，而且爲了避免受到反擊，總以輕鬆的笑聲作結，同時也宣告勝利。

「奧斯卡！」埃德娜嬸嬸大聲叫喚，裝出一副興致高昂的樣子，山姆的聲音她在達拉斯都聽得見了：

「我上週聽到一個很妙的評論，分析南方人的想法……」她傾身在奧斯卡叔身上猛然親暱地一拍，既表示他是個好傢伙，大家都愛他，也表示他可以閉嘴了。

「完全無法入睡，」凱特說，「於是我下樓找了本爸的推理小說，回到床上從頭讀到尾，內容是關於洛杉磯一些人的故事。整間屋子又暗又靜，偶爾有船在河上鳴笛。我看見自己未來的人生，有可能就是個像黛拉史崔特*一樣簡單的小人物，每晚織著長襪。不過接著我想起曼菲斯發生的事。你知道我曾經住過曼菲斯吧？」

姑媽沒有注意奧斯卡或山姆任何一人，而是用拇指指甲有條不紊地在梳理著一頭獅鬃般的頭髮。

「那是一九五一年，你那時候在軍中。爸和我爲了政治起紛爭，現在回想，其實我可能是被趕出家門的。總之，媽建議我去拜訪她在曼菲斯的老同學，一位叫波伊金拉瑪的女士。她是個相當了不起的人，在紐約市民歌劇院登台唱過，還寫了本有趣的書，講她年輕時在歐洲旅遊的經歷。他們夫婦倆對我相當好，但跟我沒什麼話說。每晚我們坐在那邊聽留聲機放著歌劇，邊擔心結束的那一刻來臨時，有人得開口打破沉默。我緊張到有一晚在壁爐邊滑倒，跌進了火裡。你能相信肉體上極端的痛苦反而是種解脫嗎？地獄不可能由火焰構成，世上有比火焰更恐怖的東西。我搬到旅館，有段時間過得還不錯。找了份社會服務的工作，有很多約會。但一陣子之後，那房間開始讓我感到壓迫。我每天傍晚下班回去，夕陽會在河對岸的阿

* 此乃以派瑞梅森為主角的一系列推理小說中，一個虛構的秘書角色

肯色州落下，而那昏黃的光線一日比一日悲傷。阿肯色州就在那黃色的西方——天哪，你不知道那看起來有多悲傷。於是有天下午，我收拾行李，搭上伊利諾中央線回家。」

山姆正口若懸河，邊說邊用刀身在桌布上畫出一道道淺溝。他的聲音中逐漸揚起某種有如引言的新語調，就像交響樂中，高潮即將來臨的時刻。我知道山姆正要導出他那些精采的故事。這些故事過去曾激起我心中強烈而愉快的情感，讓我幾近發狂。在費利西安納黑暗的門廊上，向我們敘述他曾經上溯到南美奧利諾科河源頭，結果發高燒，躺了好幾週。有天晚上他聽到美妙無比的歌聲傳來，唱著《冬之旅》全曲。原本以為是精神錯亂，但隔天早上他遇見了那名歌者，是位奧地利工程師，德文歌曲唱得比女高音珞特雷曼還要好，諸如此類。他說完之後，我幾乎不能自己，欣喜若狂，並對其他人感到生氣，因為他們並沒有被這段經歷完全打動。

「艾蜜莉，你記得我們去看《夜色不再》（There Shall Be No Night）的那個晚上嗎？你還因為太感動，堅持要一路走回卡萊爾？」

但凱特沒注意山姆在說什麼，她將修剪整齊的拇指伸到燈光下仔細檢視。「昨晚原本一切都很好，直到我讀完那本書，之後能做的就只有等待了。我想著，接下來呢？開始有點害怕，頭一次有種窮途末路的感覺。我能意識到自己的每一次呼吸。事情開始有點走樣。我給自己倒了點酒，吃了兩顆安眠藥，等著睡意降臨。」

這是她首次提到吃藥的事，我的單純質樸她很受用。

「你知道後來發生什麼事嗎？山姆怎麼說的？算了，你有見到莫爾嗎？沒有？哼，後來發生的事無聊透頂，根本不值一提，雖然我也希望真有什麼驚天動地的大事。我一次吞了六或八顆藥丸。我知道那樣死不了。真是的，我又不想死，至少那一刻不想。我只是想……掙脫，或逃離，死亡的中心……聽著，不是說只有受傷的人才會快樂嗎？快承認！這麼說沒錯吧？」她停下話，打了個呵欠。「我感覺好不舒服。不知怎的，一切似乎都好……沒意義，你懂嗎？」她抖著腳，哼著小曲。「老實跟你說，我記不太清楚了。真奇怪，我一向記得每件小事。」

「……而你頭一次跟我談到對彌賽亞的盼望？」山姆對著我姑媽微笑。過去在費利西安納我們曾推測新救世主的模樣，這位科學家兼哲學家兼神秘主義者，將大步走過廢墟，一手持《薄伽梵歌》，另一手拿著蓋格計數器。但今天山姆誤判情勢，我姑媽什麼都沒說，拇指指甲繼續梳著那頭獅鬃。

晚餐結束，奧斯卡叔在餐廳等其他人都離開後，盡情搔了搔胯下，抖了抖腿。

我搖搖晃晃起身，突然覺得有如喝醉般困倦。

「等等，」凱特急切地雙手抓住我的手臂，「我要跟你一起去。」

「好吧，但我想先在陽台小睡一下。」

「我是說去芝加哥。」

「芝加哥？」

「對，你介意我跟去嗎？」

「不介意。」

「你何時動身？」

「明天一早。」

「可以改成今晚嗎？買兩張火車票。」

「爲什麼要搭火車？」我這才發現過去一星期睡得可真少。

「這樣吧，你去躺一下，我來安排。」

「好吧。」

「去完芝加哥，你覺得我們有可能走一趟西部，到些像是莫德斯托或弗雷斯諾的小鎮待一陣子嗎？」

「有可能。」

「我會安排好一切。」她聽起來很快樂。「你身上有錢嗎？」

「有。」

「給我。」

凱特行動如此迅速真令人吃驚，我躺在吊床上昏沉沉地想。她走出屋子，鞋根喀喀響，跟她繼母手挽著手，山姆在一旁神情似乎有點憂鬱，看著她啪地闔上皮包，坐上堅固的小普利茅斯揚長而去。然後我想著爲什麼？是因爲火車。只要事關旅行，能夠一走了之，踏上臥車，於夜晚悄然離城而去，她就會像黛拉史崔特一樣迅速而果決。

稍晚，在街上，奧斯卡叔攙著埃德娜嬸上車，準備要前往參加老屋的燭光夜遊。他挺著腰，一手壓著胸側，喘吁吁繞過車子到對側車門。山姆躡手躡腳走到紗門邊。「你瞧瞧，安迪老弟，那可不是一對國王跟皇后嗎？像極了。」

在精疲力竭的暈眩中，反胃的感覺讓我擠不出一絲笑容。

「安迪老弟，吃太多了嗎？」

「不是。」但我的胃像是在附和著山姆，又是一陣作嘔。喔，真要命。

稍後我手中多了一個方形玻璃瓶，外帶山姆的指示，那些指示已經被我拋到腦後，只記得吩咐時的語氣就像姑媽那些煞有其事的治療計畫。瓶子還留有山姆的體溫，我的手指認出了瓶上燒鑄時留下的稜紋和藥房的符號。

## 2

一如計畫，三小時後我們就在崎嶇的道路上顛簸前行，穿越龐奇圖拉沼澤。

打開埃伯維爾車廂沉重的門，走進鋼鐵搭建的廊道，冰冷沉默中，未緊閉的車廂傳出零星說話聲，夜晚的氣味撲鼻。這一切讓我過去十年的生活立刻變得彷彿只是火車之旅間，一段虛無飄渺的短暫停留。我上次搭火車是十年前了，從舊金山到紐奧良。所以有十年不曾享受過火車獨具的知性啓發：能讓人站上高處，看著混亂沉淪的過去與光明單純的未來；同時不斷前行，帶著一個人穿越世界。但火車改變了，上下舖沒了、隔間與曲柄門把沒了、綠色天鵝絨也沒了，只有腳夫還在，甚至還可能是同一人，一個手掌呈現蝦子色，脖子因不滿而鼓起的黑人。我們的臥鋪間根本是單人小棺材。我發現不時有人從鋪間探出頭，想看看活生生的人。

凱特被火車特有的氛圍打動。她的灰色夾克遮不住寬闊的臀部，緊身裙形成美妙的弧線，遊走在低俗與性感的邊緣。前往觀景車廂的途中，她在車廂連接通道將我拉住，送上一個吻，還像女服務生般緊抓著大衣下的我。爲了慶祝嘉年華，她眼睛上化了幾抹睫毛膏，現在用凌厲的黑色眼神望著我。

「我們會搬去莫德斯托住嗎？」

「當然。」我說，對她的玩笑感到不安。她不像自己認爲的狀況那麼好，恐怕也不適合搭火車，完全是出於魯莽，她才能這樣走在危險邊緣。

觀景車廂幾乎客滿，但我們在長椅上找到兩個人的位置，只是我得跟個正在讀報紙的傢伙擠一擠。我們滑過卡羅頓一批後院奇形怪狀的小屋，然後穿越麥特的鄉間俱樂部和墓園。在薄暮中，墓園乍看之下就像座城市，有成排的白色拱頂、兩三層樓的公寓、小巧的街道和路口、甚至一塊塊的草坪。在映入眼簾的那瞬間，這一切的比例形成一種錯覺，讓人誤以爲距離遙遠，彷彿在看著一座遠方的城市。現在我們如同女巫騎著掃帚在郊區上空飛行，越過無數鋪著礫石的屋頂。

我逐漸發覺走道對面有個男人奇怪地一直盯著我看。凱特用手肘輕推我。那是席尼葛羅斯和他老婆，無庸置疑也是要去參加代表大會。席尼是「丹齊格和葛羅斯證券行」創始人的兒子，是一個矮小、氣色紅潤、頭髮捲曲的男孩，有張南方猶太人不時可見、容光煥發的臉。我們之間一直有種特殊的熱忱。他娶了一位漂亮的密西西比女孩；不像席尼，她對這種偶遇心存提防——她甚至知道上一次我們相遇時，是誰先開口——所以她呆滯的目光掃過我們，然後不由自主停在凱特白皙的臉龐和凌厲的黑色眼睛上。席尼主動朝我們傾身，滿臉笑容，弓起他結實的小馬背，雙肩撐著腦袋，玲瓏的耳朵服貼在兩側。

「喲喲喲，王牌交易員傑克，看來你的班機訂位也出差錯了。」

「你好呀，席尼、瑪歌。這位是凱特卡特洛。」

瑪歌變得非常友善，表現出密西西比三角洲人的健談。

「你忘了現在是嘉年華，所以訂不到飛機吧。」

「不是，我們喜歡搭火車。」

席尼很興奮，不像我是因爲旅程本身，他是因爲代表大會而興奮。他上身越過走道，手上捲著一份會議日程表，解釋說他預訂參加債券基金賦稅減免的小組討論。「你呢？」

「我好像要參加什麼開放式研討會。」

「你會喜歡的。那裡每個人想到什麼就說什麼。你可以脫掉外套，隨時站起來伸懶腰，怎樣都行。去年就有個喬治亞來的傢伙非常搞笑。」席尼思考著要怎麼表達他有多搞笑，但找不到方法，於是就算了。「真的是個怪人，非常滑稽。你的主題是什麼？」

「如何跟變額儲蓄壽險競爭。」

「喔，是啊。」席尼說著做了個我們這行特有的鬼臉，「那我倒不擔心。」他將那捲紙在手中來回滑動，「你會擔心嗎？」

「不會。」

席尼提議打橋牌，但凱特婉拒。葛羅斯夫婦移到角落的一張桌子，打起金羅美*。

* 一種兩人玩的牌戲

凱特剛才一直在皮包裡東翻西找，現在停下來了，能感覺到她目光盯著我的臉。

「你拿了我的藥嗎？」

「什麼？」

「我的藥。」

「喔，對，在我這兒。我都忘了。」

她沒有將目光移開我的臉，接過藥瓶，收進皮包裡，啪一聲關上。

「這不像你。」

「不是我拿的。」

「誰拿的？」

「我躺在吊床上的時候，山姆拿給我的。我根本不記得了。」

「他從我皮包裡拿的？」

「我不知道。」

很長一段時間她沉默地坐著，手擱膝上，手指蜷曲，微微抖動，然後突然起身離開。回來的時候，洗過的臉顯得蒼白，髮根仍因水氣而成深色。惹惱她的不是藥瓶被拿走，而是遇見葛羅斯夫婦。這破壞了一切，讓我們得陪笑搭話，故作歡樂（就像席尼說的：「我們原本還因爲沒有班機悶悶不樂，誰知道傑克波林出現，這下可好了。」），而我們原本應該是在陌生人的包圍下，一路悠悠晃過黑暗古老的密西西比才對。不過她的心情還是好轉了，或許是相信葛羅斯夫婦將沉迷於金羅美，讓她重燃希望；也或許是她血液裡的化學物質秘密地起了作用。

列車加速前進，我們現在抵達沼澤地。凱特和我互相依偎，隨列車搖擺，望著沼澤路上車輛的大燈，像黃色大螢火蟲一閃一閃穿越泥沼。

睡意再度襲來，很令人厭煩。我知道這種睡意反覆無常，讓人非夢非醒，最近一直困擾著我。朦朧間我做著清醒的夢，而真正的沉睡從未降臨。

我鄰座的男子要在聖路易下車。車掌查票時，他拿出票根：正要回家啊。他的西裝筆挺，雙膝交疊而坐，剪裁良好的臀部上仰，上方那條小腿外翹成一個鈍角。棕色頭髮顯得年輕（他本人大概三十八到四十歲），額前還留著一綹捲髮。那綹捲髮和黑色眼鏡讓他看來有點像男星蓋瑞梅里爾（Gary Merrill），同樣一副理所當然的樣子，佔據著一塊舒適的空間，怡然自得。他拿手帕遮掩，痛快打了個飽嗝，身體健康的不得了。今天晚上，他無疑在格拉特瓦餐廳飽餐了一頓，血液裡滿載著豐富的營養素。他將報紙像本書一樣展開瀏覽，我別無選擇只能跟他一同讀著左半頁。我們在波本街一間夜總會的廣告上稍事停留，廣告相片上有個渾身抹了油的舞者，她的三頭肌跟母馬一樣向前拱起。有一瞬間我們幾乎要闔上眼皮，回過神又繼續讀下去。現在他找到想讀的新聞了，於是將報紙對摺一次、兩次、再一次，摺成剛好兩欄寬的整齊小方塊，一如紐約地鐵的乘客。他用膝蓋墊著，拿出一枝細金筆，熟練地用單手略做調整，在幾行句子下畫黑線（他很習於畫線）。在他肩旁半夢半醒，我只能看清楚這半句：

為了深化和豐富婚姻……

是個諮商專欄，我也是忠實讀者。

火車一路盪過沼澤地。聖路易那位仁兄沉重的呼吸吹動著剛硬的鼻毛，坐姿別具個性，身體朝右傾，用右臂作支撐，大腿爲摺成方塊的報紙形成一個牢靠的寫字台。

車內的聲音變得煩躁，彷彿車上乘客已經共乘了好長一段時間，私下互相有了瞭解，也產生了宿怨，彼此的對話間充滿不耐和闌珊。

保持清醒讓人感到暈眩噁心，睡眠卻又被帶有責任感的警覺心嚴加看管著。睜著雙眼的夢時斷時續，就像沼澤大火。

鮑勃狄恩博士和他的夫人在運河街上的百貨公司，替他們的書《婚姻的技巧》開簽名會。真是一對郎才女貌。我一定是從香緹利遠道而來，被擠到了一張桌子旁站著，桌上的書高疊成一座金字塔。我的目光無法離開狄恩夫婦，一對老夫妻了，卻依然俊俏，而且很奇怪，兩人身上都長滿了雀斑。在等待正式開場時，他們像專業演藝人員般相互打趣（我相信這就叫暖場）。「我們從不吵架，」鮑勃狄恩說，「因為每當要開始吵架，我們就去翻閱我寫的關於吵架那一章。」「不對，親愛的，」狄恩夫人說，「那章是我寫的……」諸如此類。每個人都笑了。我發現跟我擠在一起的群眾幾乎都是女人，堅定的一百五十磅中年女性。我從沉重的眼皮下望著狄恩夫婦，尤其被他們在台上的泰然自若所打動。他們在互相嘲弄的當兒，依然能自在地互拋媚眼，旁若無人；但做正經事的時候，他們就變得和捍衛靈魂派教徒同樣清醒，並散發出一種犧牲奉獻的氣息，幾乎是在傳播福音。其中一本書攤開在桌上，我讀到：「為了對伴侶表現出溫柔體貼，現在將你的手從乳頭上移開，輕輕地撥弄……」不可能不去想像他們的研究過程，就像一對雷龍般嚴肅，沉重衰老滿是雀斑的四肢彼此交纏，雙手靈巧地探索敏感帶、暗沉的乳暈、隱密的黏液腺、潛藏的血管網絡。一波從未感受過的刺痛席捲了我。

我的頭像水仙花般搖曳，朝聖路易的仁兄低垂三吋，然後又猛然一抬。凱特靠在我身上發抖，但聖路易的仁兄就跟烤牛肉一樣溫暖結實。隨著列車搖搖晃晃，沿著獨一無二的旅程前行，穿越時空，數以千計的微小事物就像宇宙粒子不斷轟炸著我們。外面的壕溝裡躺了一片破報紙，日期標示著一九五四年五月三日。我的蓋格計數器好似電報機不斷卡嗒響。但這一切似乎沒有任何人察覺，每個人都埋首在雜誌裡。凱特像片葉子在打顫，因為她渴望能拋姓棄名，無入不自得，但做不到。

聖路易人讀著一則標題：

金筆搖動畫下工整的黑色方格。讀了一陣子之後，他回到開頭，準備再加上一個大方格，考慮後又改變主意，從口袋拿出把銀色小瑞士刀，剪下整篇文章，摺好放進皮夾裡。來不及看清他畫線的段落寫了些什麼，只看見一句話：「自然科學和社會科學的逐步交融。」

很棒的一句話。我得欽佩聖路易這位仁兄井然有序的生活，他的金筆、他的瑞士刀、他剪下談論自然科學和社會科學交融那文章的手法，讓我感覺自己過去幾天的生活頹唐不堪。我不再定時吃飯睡覺，或在筆記本上寫下靈感哲思，而且指甲總是髒兮兮。追尋破壞了我在香緹利整潔而知性的生活。直到一週前，「滿懷希望期待自然科學和社會科學的逐步交融」這種句子，都只會惹得我脖子後面一陣嘲諷意味的癢。現在絕望在龐奇圖拉沼澤呼嘯而過，那是絕望發出的聲音，那是絕望的本質。

凱特停止打顫了。當她點起香煙，開始吞雲吐霧，我以爲她好轉許多，但我錯了。「喔……」她發出尋常的敷衍聲，起身要離開。車身突然一陣搖晃，將她甩到席尼的椅邊。列車回復平穩，這三秒間她可能被誤認爲是金羅美牌局一位入神的旁觀者。席尼在光滑的木桌上洗牌，小指頭上的金戒指似乎是個特殊的裝置，讓他手的動作靈活而俐落。

過了半小時凱特還沒回來，我在她的臥鋪間找到她，兩臂交疊，面向黑色玻璃。我們膝碰膝坐著。

「你沒事吧？」

她朝車窗慢慢點頭，但臉頰靠上我。窗外一個黃色光塊沿著堤岸飛奔，消失在林木田野間，然後又轟隆隆重新現身。突然一個漂亮的腦袋蹦了出來，凱特向前傾身抱著自己。

「我沒事，跟你在一起從來不會太糟。」

「爲什麼？」

「可不是要感謝你，正好相反。其他人都比你更有同情心，尤其是我媽和山姆。」

「莫爾呢？」

「莫爾！聽著，我放個屁莫爾都會用同樣欣慰的眼神看著我。而你呢？你比我還不正常，一看到你我就想笑。你覺得這足以作爲結婚的理由嗎？」

「沒什麼不可以，比愛好多了。」

「愛！你懂什麼是愛？」

「我沒說我懂愛。」

她轉回去面對窗戶，揮著手看影子在飛馳的黃色方塊中移動。我們弓起身，膝對膝，鼻對鼻，就像羅夏墨跡測驗卡上的兩個惡魔。有東西在她的眼角閃爍，肯定不是淚水。

「真是夠狂歡了，一個嘉年華碰到兩次求婚。」

「還有誰？」

「山姆。」

「真的假的？」

「真的。我再告訴你另一件事，山姆在表面背後是個很特別的人，一個本質上孤獨的人。」

「我知道。」

「你比山姆還糟糕。」她生氣了。

「怎麼說？」

「山姆有心機，而且他喜歡我。他知道將來我會很有錢，但他也真的喜歡我，那並不是什麼壞事。心機是人性，你得是個人才會有心機。每當我看穿山姆的小計謀，就有種窩心的感覺。我心想，啊哈，所以世上的確有那麼回事——男人和女人極度渴望某樣東西，拼了命在暗中策劃。但是你……」

「怎樣？」

「你就像我，所以我們就別再互相欺騙了。」

她的聲音越來越平穩。說不定是列車和緩的律動，讓我們也隨之微點著頭，對、對、對。

她說：「難道你看不出來，我們要耍這種詭計多端的小心機，已經太遲了嗎？」

「像是結婚?」

「你唯一能維持婚姻的方式,就是把婚姻當成你另一個自作聰明的小研究。承認吧。」

「那有何不可?」

「你讓我想起一個死刑犯,以做些很荒謬的事情爲樂,像是登記投票。仔細想想,你所有的快樂跟興致,都跟死刑犯有相同特質。免了,你那些死刑犯的胡鬧我敬謝不敏。」

「能有什麼損失呢?」

「在昨晚發生的事之後,你還看不出來那是沒用的嗎?我現在不能玩遊戲了。但你不用擔心,我不會一次都把藥全吞下去。失去希望不是什麼壞事,還有更慘的,就是失去希望又自我欺騙。」

「好吧,不管失不失去希望,不管害不害怕,總之嫁給我,我們還是能在夏天夜晚到戶外散步,希不希望、發不發抖都無所謂,可以去看場表演,到雜誌街吃牡蠣。」

「不行、不行。」

「我不懂……」

「說得沒錯,你不懂。這不是你以爲的,就單單一件事,這是一切的一切,而且是如此龐大。」

「什麼東西龐大?」

「我跟你說了,」她氣惱地說,「所有的一切。我沒這種打算,擁有個小老公——親愛的賓克斯,你要做人丈夫，實在太可笑了——我傷到你了嗎？早上看著老公出門，跟女孩子一起吃午餐，醉倒在艾迪跟奈兒家，跟別人的老公偷偷情，裝上避孕器，養育兩個可愛的孩子，接下來二十年都在擔心他們能不能上普林斯頓大學。」

「我說了我們會住在香緹利，或莫德斯托。」

「我只是在學你耍小聰明。」

「你想過山姆和喬兒那種生活嗎？」

「賓克斯啊賓克斯，你就像你姑媽。當我告訴她我的感覺時，她對我說：凱瑟琳，你說的完全沒錯，千萬別失去你的理想和熱情。真是的，她以爲我談的是文學或政治或什麼經典大作。我心想：我要做的是這種事嗎？然後就跑出去吞了四顆藥。順便說一句，他們全都搞錯了，他們全以爲我隨時會去自殺，真笑死人，事實正好相反：唯有自殺這件事能讓我繼續活下去。無論何時，當所有事情都失敗了，只要考慮自殺，不用兩秒鐘我就會像個傻瓜一樣開心。但要是我不能自殺，哎呀，那我就真的會去做了。我可以沒有安眠藥或犯罪推理小說，但不能沒有自殺。這倒提醒了我。」她起身走進車廂通道，一隻手掌貼著牆壁前行。

當然，這些都不是頭一遭。老實說，我不太在意她說些什麼，會透漏她情況的是她的聲音。她現在是用「大膽直言」的語氣說話，撇開脫口而出的字句，她外表看來顯得鎮靜多了，甚至可以說心情愉快，因此我並不會太擔憂。

但臥鋪間很快變得令人窒息，我也不怎麼想跟席尼葛羅斯談公事，於是朝反方向走，在頭一個車廂連接通道停下來，大口喝著我帶的嘉年華酒。一定是進入傑克森市了。火車慢慢繞過一個彎道，發出刺耳的聲音，穿過城鎮後方。凱特走出來，一言不發站在我身邊。她身上有肥皂的氣味，而且似乎興致高昂。

「來一杯？」

「你還記得我們搭火車去巴頓魯治看足球賽嗎？」

「當然。」風平浪靜了，她的鵝蛋臉在黑暗的通道中泛著紅光，頭髮梳理得服服貼貼，垂到上衣領子中，看來就像個大學女孩。她喝了口酒，用手指壓了壓喉嚨。「天啊，真美。」

火車停下來，我們的車廂懸立高空，就在一條市街上方。接近正圓的月亮在川流不息的雲屑中泅泳，明晃晃的光線灑在州議會大廈的圓頂、嶄新的鋼骨玻璃辦公大樓、和空蕩蕩的街上，街上的電車軌道閃閃發亮。觸目所及一個人影都沒有。

遠方，越過州議會大廈側廂房，綿延著一片林木鬱鬱的黑暗丘陵，以及城鎮明滅不定的燈火。在月光的魔法下，城市顯得雪般蒼白，彷彿從來未經人居，在山丘上靜靜沉睡，一如聖城錫安。

凱特緩緩擺動著頭，那入神的模樣跟她繼母一樣。我試著轉移她對美景的注意。美是娼妓。

「你看見那邊那棟建築了嗎？那是南方人壽保險公司。如果你在一九四二年投資了一百塊，現在會值兩萬五。你父親買了不少那家公司的原始股票。」錢是比美更好的神祇。

「你不懂我的意思。」她以同樣輕鬆著迷的神情高聲說。

我很清楚她的意思，但我還知道些她不知道的事。錢相對於美是很好的平衡，光是對美的追求，就是種賣淫。十年前的我追求美，對金錢無動於衷，我聽著馬勒美妙的旋律，感覺靈魂深處的病態；而現在我追求金錢，感覺好多了。

「我知道要怎樣才能在城市中生活下去了！」凱特大聲說。她轉身面向我，雙手環繞著我的腰。

「怎樣？」

「只有一個方法，由你來吩咐我要做什麼。就這麼簡單，我以前怎麼沒發現呢？」

「我來告訴你該做什麼？」

「對，這或許不是最高尚的生活方式，但至少是種方式，是我的方式！親愛的賓克斯啊，終於發現自己是何種人，真是天大樂事。是何種人都無所謂，只要你瞭解自己。」

「你是哪種人？」

「我會欣然告訴你，因爲我才剛發現，而且不想忘記，拜託別讓我忘記。我是個宗教性的人。」

「怎麼說？」

「你還不懂嗎？我想要的是完全相信一個人，然後照他的意願行事。如果上帝跟我說：凱特，我要你這麼做，立刻下車，到南方人壽保險公司旁的街角，後半輩子都站在那兒，並親切地和人交談。你覺得我不會照辦嗎?你覺得我不會成爲密西西比州傑克森市最快樂的女孩嗎?我會的。」

我喝了口酒，看著她的側臉。月光似乎觸手可及，濃稠而純淨，道路和建築都被埋入其中。

她接過酒瓶。「你會告訴我該做什麼嗎?」

「當然。」

「你做得到，因爲你不信教。上帝也不信教。你是不受動搖的行動者。上帝或其他任何人，你都不屑一顧，只想做世上最自我中心的人。我不知道愛不愛你，但我相信你，會照你說的去做。現在如果我嫁給你，你會不會跟我說：凱特，今天早上如此這樣做。如果我們得去參加派對，你會不會跟我說：凱特，站在那邊，喝三杯酒，跟人如此這樣說?你會嗎?」

「當然。」

她用手臂扣住我的胸膛，一手拉著另一手的手腕，給了我一個熱情的吻。

過不久，正如我所料，那珍貴的美景讓她索然無味，她變得驚恐。又去了一趟洗手間之後，現在她貼著我站，搖搖擺擺隨著埃伯維爾車廂一路晃過北密西西比。我們將春天留在身後。黃月高懸在西方，照耀著黯淡、古老、鬼影幢幢如戰場的冬之大地。

「噢噢噢，」凱特呻吟，緊抓著我，「我好不舒服，我們到你的車廂去吧。」

「我已經把床鋪起來了。」

「那我們就躺下。」

我們必須躺下，否則會卡到門。懷著對她的千般柔情，我擁抱著她，跟她說我愛她。

「喔，不要，」凱特粗魯地抓著我說，「別說這些，渾小子。」

「別說什麼？」

「別說愛，拜託。」

我誤解了她的意思，抽開身。

「不不，也不要走。」她說，依舊擁著我，望著我。

「好吧。」

「只要別跟我說愛，渾小子。」

「好吧，但別叫我渾小子。」

她銳利的黑色眼神籠罩著我，但我想她沒有真的在看。一隻手撐頭，咬著嘴唇，另一隻手重重地落在我身上，好像我是她的老搭檔。「我告訴你一件事。」

「什麼事？」

「前幾天我對莫爾說，」手再次重重落下，緊抓住我，「你覺得我放縱一下怎麼樣？他誤解了我的意思，跟我講了一堆成年人間成熟體貼的關係等等，沒完沒了。我說，不、不，莫爾，你搞錯了，我說的是單純的胡鬧……」她搖了我一下，「……像是你姑媽的女傭上週給我看的一本漫畫，裡面有辦公室女郎提莉*和麥克——不是真的那個提莉，你懂吧，是法國版的提莉——他們去參加一個公司派對，而提莉和麥克在貯藏室胡搞，被魏波逮個正著。我跟莫爾描述了那本漫畫，然後說：我是這個意思，莫爾，怎麼樣？」

「莫爾怎麼說？」

凱特似乎沒聽見，手指在窗台上敲，凝視著外面飛馳而過的樹梢。

「所以呢，到了最後，這才是真正的重點，對吧？承認吧，你跟那個宏都拉斯小女孩，拿著漫畫在二樓，清晨、上午，帶著拖把跟水桶在壁櫥裡……」

「宏都拉斯女孩跟漫畫都是你說的……」

「我現在告訴你該怎麼做，魏波。你出去，整整五分鐘之後再回來。哎，你這個低級下流的魏波，只有一件事適合你。」

儘管難以啓齒，羅利，我仍得跟你說實話。要是能說自己的所作所爲，不出以下兩者，那就太好了。要嘛跟你有樣學樣：招呼黛比睡在你床上，然後展現近乎過分的君子風度，拿著枕頭和毯子到客廳沙發，

＊連載於報紙多年的知名漫畫，內容以辦公室點滴為主，下文所提的法國版即是情色改編版

獨自躺在黑暗中，雙手枕在腦後，凝視著天花板，對著敞開的房門訴說你的希望和夢想。或者，就像小說中的英雄人物所為：一個同樣的追尋者，勉強稱得上是個朝聖者，剛從墨西哥的瓜納華托或義大利的聖布科回來，在那邊找到了真正有意義的事物；或從東方回來，在那裡拜一名智者為師，嫻熟通往極樂至福的秘徑。但他並不蔑視這個世界，於是當一名對他滿心渴望的少女來到床邊，他會樂於放下書本，陪女孩共度難以想像的美妙時光。之後，少女沉沉睡去，就如同郝思嘉在白瑞德*返家的早晨，睡得那麼香甜；而他重新拿起書本，一瞬間飄飄然神遊物外去。

不，羅利，我兩樣都沒做到。我們都沒做到。我們很彆腳，差點什麼都沒做。肉體啊，不堪的肉體辜負了我們。負擔太過沉重，而不堪的肉體既沒有被宗教神聖化，也沒有被精神所鄙視（畢竟遭鄙視並非肉體最難堪的下場），而是在這一刻之前，被失落那冷酷無情的眼睛看穿、消去、抹煞為零。不堪的肉體此時此刻突然被要求無所不能，終結一切，創造一切，成為那最終和唯一的希望，結果卻是畏縮和失敗。事實是我被她大膽的舉動嚇個半死（並非真的大膽，也非放蕩，而是理論性的大膽）。我大概已習慣了香緹利那些紅著臉的小琳達們了。凱特也害怕，我們像葉子般顫抖。凱特害怕是因為連辦公室女郎提莉似乎都注定要讓她失望。羅利，我這輩子從沒這麼努力過。我別無他法，替代選擇根本難以開口。基督徒談論罪孽的可怕，但他們忽略了一件事。他們說個不停，好像每個人都是多大的罪人，而實際上當今一個人根本

* 小說《飄》和電影《亂世佳人》的男女主角

對此力不從心。在失落的深淵中少有罪孽。一個失落的人，他生命中的最高潮，就是當他能像個真正的人一樣犯罪的時候（瞧瞧我們，賓克斯——我流離失所的朋友們彷彿在對我高聲呼喊——我們正在犯罪！我們成功了！我們終究還是人！）。

「晚安，親愛的魏波。現在哄凱特入睡吧，可憐的凱特。」她將枕頭翻面，因爲底面比較涼爽。「晚安，親愛的魏波，晚安、晚安、晚安。」

# 3

結果我對芝加哥的疑慮並非無的放矢。我們一步下火車，芝加哥的幽魂就像鷹一樣飛撲到我的肩頭棲息，在我們短暫的停留期間，我都無法擺脫。停留時間的確短暫，甚至比原訂計畫還短，週一晚上，就是我們抵達的那個夜晚，大禍臨頭將行程驟然打斷。大禍臨頭之前，一整天我站在各個街角，茫然眨著眼，沉浸在思緒中。凱特負責照顧我，她在城中奇妙地悠遊自在，完全無感於五百萬芝加哥人的腦波，和此地存在物獨有的氣味，那氣味一踏出車站就會湧進鼻腔，揮之不去（真希望有人能告訴我這該死的車站是誰建的、這棟建築的歷史、市政府和鐵路公司之間的爭執，好讓我不會一到車站就手足無措。每個作為入口的地方都該立座亭子，派個普通人駐守，任務是迎接異鄉人，贈送他們能體現當地時空的小紀念品——像是訴說自己在高中時遇到的困難，並放一把泥土到他們口袋中——確保異鄉人不會被淹沒在茫茫人海）。真他媽的，我現在冷汗直流。凱特絮絮叨叨、手忙腳亂地掌控著所有事，彷彿看見了我內心有個呼號的空洞，並打算盡力對全世界隱瞞。突然間，她成了一個正常的城市女孩，跟其他眉毛低垂、橄欖膚色、臀部豐滿的地中海民族沒有分別，她們在北方的街道和地鐵中隨處可見。

唯一感到欣慰的是，見到芝加哥正如我記憶中的一樣。我二十五年前來過。父親帶我和史考特來看世紀博覽會，同年稍後又來看職棒世界大賽。關於頭一次來此，我一件事也不記得，只記得這地方的感覺、這地方幽魂的氣味。每一個地方都有其幽魂，不然就連地方都稱不上。我也可能搞錯了，可能根本不是那麼一回事，那不是關於一個地方的記憶，而是關於童年。但一踏進明亮的三月天，地方的幽魂就千真萬確無處不在；那不論走到哪裡，都必定會遇見，得一開始就加以掌握，否則就等著被找上、被征服。在此之前，只有一個地方的幽魂強大到我無法應付：舊金山。我在丘陵間上上下下追尋舊金山，未有所得，卻反過來被幽魂追趕，那是空中落下的金粉，是穿破心臟的晃晃光輝，也是終於來到海邊、來到美國盡頭的哀傷。只有南方人才能瞭解北方城市那扭擰洗滌過的哀傷，他知道關於幽魂的一切，住在塞羅、維克斯堡、亞特蘭大這類鬼影幢幢的地方，在那裡英雄的鬼魂大白天就在戶外遊走，比活人還真實。因此他一眼就能辨識出鬼魂，一在紐約或芝加哥或舊金山步下火車，就能感覺幽魂棲息在肩頭。

這裡是芝加哥。現在跟二十五年前完全一樣，建築物方正厚重，彼此間隔遙遠，像群山般隨意散佈在多風的平原上。還有湖，紐奧良的湖是片優美低地上波光粼粼的逆流水窪，這裡則不然。這裡的湖可以說就是美國的北方：一個危機四伏的地方，擁有魂魄的狂風發出駭人呼嘯，洶湧而來。

風和空間，就是此地的幽魂。他媽的，感覺芝加哥的幽魂就棲息在肩頭，要怎麼思考變額儲蓄壽險？

但風和空間的確就是此地的幽魂。風從湖區不斷地吹來，佔據屬於自己的空間，沖刷過每一吋道路和冰冷堅硬的建築物門面。強風傾注建築之間，在光線與空氣組成的廣闊空間中撐持著每一棟建築。空氣被風擠壓得有如透鏡，讓一切變得放大、清晰、沉默——從北方席捲而下的呼號滅去了所有聲音。這個城市沒人膽敢對風的張揚和戶外的空闊提出異議。這中西部的天空是全美國最空曠寂寥的天空。爲了逃離，人們於是生活在室內和地底。我還記得一件事：父親帶我走進一座紀念館，去看「泰山」強尼韋斯穆勒*過去使用的游泳池——那是一間滿是迴音的地下室，冰冷的灰色光線穿過三層樓高的天窗灑下，戴著金屬牌的健壯男子在池中游泳叫囂，聲音在潮濕的磚牆間迴響。

過了數年，史考特過世後，父親和我來到費爾德自然歷史博物館，一條陰暗的列柱長廊延伸向無止盡的遠方，我們站在一座石器時代人類的模擬場景前，景中父親、母親和孩子以寧靜同時帶有威脅的姿勢，蜷伏在假火堆周圍。我感覺到父親的眼神落在身上，於是轉過頭，看出了他對我的渴求。那年夏天，我們是很特別的一對父子。他這次賭上一切想要求得完美的知己，而我從他眼神中看到那強烈的渴望，希望從我身上尋回失落的人生。不知是出於孩童特有的冷酷乖僻，或得自遺傳對過分親密的關係會自動退縮，我別過頭，拒絕給予我知道自己給不起的東西。

準備好面對芝加哥的幽魂之後，我們在城市中邁開大步，心中一點失落感也沒有。凱特雀躍不已，直衝到史蒂文斯展覽中心爲住宿和開放研討會報到。席尼就站在接待櫃檯旁，站姿有如高貴王侯，不像其他人一副垂首恭聽的謙遜樣，他挺著五呎六吋高的身子，手插口袋，上衣敞得老開，前額平滑油亮。

＊ Johnny Weissmuller，奧運金牌游泳選手，後轉入電影界，成為泰山一角最知名的演員

席尼在我領子別上一個塑膠名牌，在還未意會過來前，就把我趕到樓上一間藍色大廳，留下凱特和瑪歌跟在後頭，臉色鐵青。

「這是幹嘛，席尼？」我驚慌地說，畏縮不前。我開始冒汗，滿腦子只想衝到街上，走進第一間酒吧連喝三杯。困在這藍色洞窟中，芝加哥的幽魂肯定會趕上我們。「不是到明天才有活動嗎？」

「沒錯，這只是『季前圍爐暖身』。」

「那是什麼鬼？」我焦急地說。

「大家互相認識一下，聊聊去年的生意，吐吐投資錯誤的苦水，你會喜歡的。」

果不其然，大廳中央立了座紅色玻璃紙製，十呎高的大肚火爐。侍者托著一盤盤馬丁尼穿梭其間，一支沙龍樂隊正在演奏《一步步認識你》。

各公司代表都很彬彬有禮。我發現自己正跟六名來自西岸的年輕人交談，而且非常喜歡他們，特別是其中一位高大害羞的史波肯人，名叫史丹利金辰；以及他的妻子，一位漂亮的女人，黃頭髮，比莎朗高大些，嘴唇捲曲如玫瑰花瓣，頭像皇后般後仰，眼中閃著燦爛的光芒。真是一群好人啊，做個生意人並非一無是處，這裡有種互信互助的氣氛存在。每個人都會以此開玩笑，但要是商人彼此間沒有互信，不能靠信貸來進行各種偉大計畫的話，這個國家明天就會垮，淪落得跟沙烏地阿拉伯沒兩樣。我有種感覺，史丹利金辰真的會為我赴湯蹈火，我自己就願意為他這麼做。我介紹凱特是我的未婚妻，她沉下了臉。我無法分辨她是對我，還是我的同業感到厭惡。但這些傢伙啊，是如此親切，而且……而且什麼？喪氣嗎？我無法確定。

金辰問我是否會參加開放研討會。他很緊張，看來他是研討會主席，而有人讓他洩了氣。他把我拉到一旁。

「能幫我一個忙嗎？你能不能針對救助險銷售發表個十分鐘談話？」

「當然。」

我們握了握手，分開時就像對好同志。

但不管他們是不是好人，我還是得離開這裡。老實說，過多同志情誼讓我緊張。再過一分鐘，這大廳本身就會變得焦躁不安。玻璃紙製的火爐已經開始不祥地發著紅光了。

「我得去找哈洛葛雷布納。」我跟凱特說。

我抓著她的手溜出大廳，來到危機四伏的戶外，在市中心最繁忙的街區找到間小得不能再小的酒吧。在那裡我頭一次清清楚楚看著她，是自從我負傷躺在溝渠中，看著亞洲雀鳥在樹葉間東翻西找之後，首次真正看得清楚。她的身材相當嬌小，一名堅強的城市小凱爾特人。不，根本是現代的拉結*，一名黝黑的小拉結，正搭著紐約地鐵，要回布魯克林的家。我在她腿上輕拍了一下。

* 舊約聖經中雅各的二房，美麗端莊的表徵

「幹嘛？」她隨口說，並不真的在意。她正忙著在地圖上找哈洛的住址，以及計算酒錢。我從沒注意到她有多麼精明計較，名副其實的克里奧爾人。

「親愛的凱特。」我邊拍著她邊說。

「好了，走吧。」但她沒有即刻動身。我們在兩間酒吧共喝了六杯，搭上公車，穿越百哩市街，經過數百萬人的社區，最終來到一個叫威爾梅特的地方，而那根本算不上是個地方，因爲少了幽魂。哈洛葛雷布納就住在那裡，整個中西部我唯一認識的人。他，五百萬人中僅此一人，是我們非得見上一面、打聲招呼、祝好運、道別的人，否則我們完全不能確定自己真的身在此處。之後我們才能再次投身到中西部極其荒涼的天空下，這座難以理解的城市迷宮中。

下了公車，在威爾梅特像藍檻鳥般雀躍漫步，跟高雅的中西部女孩擦肩而過，距她們明亮的眼睛和漂亮的臀部僅僅數呎，卻毫無一絲遐想。能有一次如此完全擺脫邪念，羅利，多麼美妙的經驗啊。將那些都摒棄一旁。當今這後基督教時代的性愛，羅利，又是多麼病態啊。做個縱情的異教徒，在一個美好古老的異教世界，性是輕鬆愉快的享受；做個基督教徒則是另一回事，信仰的新生活中不僅禁止通姦，甚至連想都不能想（如果所謂的新生活真存在，的確也不需要這種念頭）。但既非基督徒也非異教徒，而是如此對待性，喔，羅利，這真是病態。人生的頭二十年就這樣對其朝思暮想，缺乏經驗但也非遙不可及；單純的就是種渴望，像是渴望一種甜美的果實，並非禁果，但蒙著一層禁忌的色彩，因此暗地裡備受推崇。我們這些正邪一身的信徒無時無刻以之為尊，每個人都比基督徒更善良，比異教徒更淫猥；每個人都抱持著兩種美國夢：奧茲和哈里特*比基督徒更善良的夢，以及提莉和麥克兩人的後橋背摔。

我們像七月的藍檻鳥繼續輕快前行。

哈洛住在威爾梅特偏遠新住宅區一棟漂亮的房子裡。他父親在南芝加哥遺留下一門玻璃事業，而哈洛經營得有聲有色。每年聖誕節他都會寄卡片來，並附上老婆孩子的照片，及「今年淨賺超過三萬五，了不起吧？」之類的注釋。你得瞭解哈洛才知道他不是愛自吹自擂的人，他只是一個單純快樂的傢伙，忍不住要跟人分享他的好運，一吐為快。「很了不起吧，嘍囉？」他會邊說邊像嬰兒般揮舞著手。我能理解他的意思，每次美國汽車股價上漲兩塊，我也會感受到同樣的興奮之情。

凱特和我迫不及待要繼續回去漫步，所以在哈洛家只待了約二十分鐘。先前提過，哈洛愛我因為他救過我一命，我愛他則因為他是個英雄。我對英雄有無限的崇敬，而哈洛貨真價實。他因為一次清川江流域的巡邏任務獲頒榮譽十字勳章。另一名中尉帶領部隊進行定期巡邏——你大概也猜到了，就是我——遭遇截擊，而葛雷布納中尉率支援部隊，殺聲震天地穿過迫擊炮火而來，簡直像老皮將軍**在世。他將三五火箭炮當步槍用，在鐵絲網上轟出一個洞（我們被圍困在一個石灰岩小丘上，四周被鐵絲網環繞），並在一英

---

* 《奧茲和哈里特的冒險》是美國著名的長壽喜劇影集，劇中呈現牧歌式純樸善良的家庭生活

** James "Old Pete" Longstreet，南北戰爭時的南軍名將

畝左右，滿佈亞洲人的土地上放火。他實在不太像個英雄，我並非指他像奧迪墨菲（Audie Murphy）那樣謙遜又個頭小。奧迪墨菲是英雄，看起來也像個英雄；哈洛則是真的望之不似英雄，讓你都不禁感覺他白糟蹋了他的英勇事蹟。他並非對戰爭絕口不提，而是說的方式太過平板無情感，即便是親身經歷，聽起來都讓人提不起勁。他的大鼻子、半禿頭上的波浪捲髮、毫無抑揚的說話方式，在在讓我聯想到一名參加電視競賽節目的人：

主持人：中尉，我賭你那個晚上一定很樂見大霧瀰漫。

哈洛（聲音難以理解的拘謹和平板）：馬克斯先生，我想我可以誠實地說，那時候我的確不介意墮入五里霧中（環顧觀眾）。

主持人：喂！該說笑話的是我耶！

哈洛的老婆是個纖瘦、肩膀聳起的女人，有張漂亮的臉蛋。她站得離我們老遠，抱著嬰孩，也就是我的教子，在客廳和吧檯間猶豫徘徊，好像要請我們在其中一處坐下，但終究沒開口。我一直想，她這樣抱著孩子不放會累壞自己。看著她，我明白哈洛眼中的她是如何了：就是個美人胚。他以前老這麼說，薇若妮卡雷克（應該是這名字沒錯）真是美人胚。哈洛出身自印地安納州，也老是用中西部的辭彙喚我，比如

「兔崽子」和「王八羔子」。而他的老婆也同樣有典型中西部的美：一頭金色捲髮好似貴婦垂落臉頰邊，天藍色的眼睛，但有點駝背，使得背上的肩胛骨就像翅膀般展開。

哈洛到處走來走去，雙手揮舞有如嬰兒，跟他每次說話的姿勢一樣。他小貴婦般的老婆站在一旁的三不管地帶，夾在我們和圍著電視機的孩子們之間。哈洛很高興見到我。「老嘍囉啊。」他說，看著我胸膛中間，「太棒了，嘍囉。」他因爲一種無法言詮的情緒而靜不下來。嘍囉是他在亞洲給我的綽號，顯然在中西部有其意義，而在南方路易斯安那州並不流行。一喊「老嘍囉」他就樂不可支，覺得再貼切不過。現在一股最強烈的情感湧上他心頭：能見到共同出生入死的戰友是多美好，但又是多痛苦的一件事啊。他走來走去，雙臂高舉，爲此焦躁不安，卻不知爲什麼。

「哈洛，關於寶寶的受洗……」

「他昨天就受洗了。」哈洛心不在焉地說。

「我很抱歉。」

「有人代你出席，你仍是孩子的教父。」

「喔。」

問題是沒有地方能坐下休息，我們站在長吧檯邊，像風平浪靜時停駛的帆船，動彈不得。

背向哈洛，我對凱特和薇若妮卡說哈洛如何救了我一命，語帶玩笑，中間只回頭看了他一兩眼。這對哈洛來說實在難以承擔，並非因爲我的感激之情，也不是他的英勇事蹟有多崇高，而是突然要面對一段過去的時光，一段如此恐怖又輝煌的現實；那已被遺忘了許久，就像在年歲洪流中漂流無依的一艘大船。哈洛嘗試用語言說明，說明那段時光，以及之後奇特的十年光陰，但他無能爲力。他像個拳擊手般搖晃著腦袋。

我們一本正經地站在不拘形式的生活空間中。

「哈洛，你在這裡住多久了？」

「三年。嘍囉，你瞧瞧這個。」哈洛沿長吧檯推來一座現代派的白木馬頭雕，有滑順的鬃毛和弓形頸項。「你覺得是誰做的？」

「很漂亮。」

「老嘍囉啊，」哈洛邊說，邊瞄著我的胸膛。他無法用言語渲洩，所以得做些什麼。「你有多強壯？打賭我能撂倒你。」哈洛在西北部參加過摔角。「我立刻就能讓你躺下。」他真的對我感到火大了。

「哈洛，」我笑著說，「你每天進城嗎？」

哈洛點頭，但沒有抬眼。

「怎麼會決定要住這裡？」

「希薇亞家人住在附近的葛倫科。嘍囉，你在那遙遠的南方紐奧良住得還愉快嗎？」

哈洛真想摔角，而且不是鬧著玩的。我就這樣走進他家，還帶來那滿腔痛苦。儘早擺脫我們對他比較好。

十分鐘後，他在通勤車站放下我們，匆匆潛入夜色中。

「真是個奇特的家庭。」凱特說，目光注視著哈洛那輛凱迪拉克的紅色後車燈。

回到市中心，我們潛入電影院形成的母體子宮，一座阿茲特克人放置骨甕和雕像的喪葬間，裡面擠滿了另一個時空的神靈，包括威廉鮑威爾（William Powell）、喬治布蘭特（George Brent）、派西凱利（Patsy Kelly）、查理卻斯（Charley Chase），全都是我童年最好的朋友。我們看的電影名爲《文君怨》（The Young Philadelphians），凱特在黑暗中緊緊握著我的手。

保羅紐曼（Paul Newman）在片中是個充滿理想的年輕人，理想幻滅後變得憤世嫉俗、滿懷心機，但最後他重新找回了理想。

戶外，風中不知何時潛伏了新的意圖，一股黑色狂風從荒地直向北方呼嘯。「噢噢噢。」凱特哀號。我們一路爬回旅館，各自陷入沉思，連牽手的興致都沒有。「有事情要發生了。」

的確有事。旅館櫃檯遞來一張黃色紙條，命令我撥電話回紐奧良。

我聽命行事。姑媽的聲音從電話中傳來，先跟接線生說話，再跟我，語氣沒有任何改變。她沒有費心在聲音中加上一點熱情或冷酷、愛或恨，只是單調地宣讀著她的通告，而這比萬陣狂風還要讓人心驚。

「凱特跟你在一起嗎？」

「是的，姑媽。」

「想知道我們怎麼找到你們的嗎？」

「想。」

「警察在火車站發現凱特的車？」

「警察？」

「凱特沒跟任何人說要離開。不過，她的行爲情有可原，因此還能諒解，你則不然。」

我沉默不語。

「你爲什麼不跟我說？」

我想了想，「我記不得了。」

# 4

嘉年華的前一晚根本不可能訂到飛往紐奧良的機位，火車也要到週二早上才有，不過巴士每隔一小時左右就開。我發了封電報給姑媽，並打電話給史丹利金辰，請他原諒我無法針對救助險銷售發言。沒什麼大礙，原本的發言人回心轉意了。史丹利和我的道別甚至比我們初識時還熱忱，這種高度熱忱只會讓日後的相會感到不自在，但我不介意。午夜時分，我們坐上長途巴士朝紐奧良而去，巴士的路線比伊利諾中央線更偏東，從瓦巴許一路南下到曼菲斯，途經伊凡斯維爾和開羅市。

能離開是好事，芝加哥不適合久留。凱特沒受影響，繼母的傳喚沒有讓她悶悶不樂或憂心忡忡。她跟繼母有番長談，發揮了她在這種事上敏感的直覺，談起要取消訂房和回程車票等等麻煩，成功說服她繼母讓我們留下來，然而她接著又改變心意，堅持要回家好讓他們安心。現在她好奇地四下打量巴士站，每隔幾秒就咧嘴打個大呵欠。上了巴士她就身子一癱，陷入失神狀態，一路睡到俄亥俄河畔。我斷斷續續打著瞌睡，當黎明在特雷霍特鎮郊外破曉時才完全清醒。光線充足以後，我拿出平裝本的《古沙國遊記》，一直讀到我們在伊凡斯維爾停車吃早餐爲止。凱特痛快大吃了一頓，爬回車上，看了一眼俄亥俄河的黑水，及河邊低地光禿禿的樹林，冬天依然在那裡像股紫霧徘徊不散。然後她再次沉沉睡去，張著嘴靠在我肩頭上。

今天是狂歡節，肥膩星期二，不過我們的巴士太晚離開芝加哥，不可能搭載要參加嘉年華會的遊客。車上乘客都是尋常的各類人等，有岳母要探望在曼菲斯的女婿，還有休假的教師和電話接線生要去參觀古雅的法國區老街。我們所在的上層車廂是個綠色氣泡，結果是讓其中的人感覺自外於下層車廂那種約定俗成的沉默，彷彿大家是有志一同攀登上來眺望遼闊的世界和綠色的天空，彼此間已經建立了某種惺惺相惜的默契，於是自然而然開口交談。我把座位讓給凱特躺平，替她將雙腿交疊。接下來漫長的一天要穿越印第安那、伊利諾、肯塔基、田納西、密西西比州。沿途我都在跟兩名乘客閒聊——第一位是來自威斯康辛州的浪漫主義者；第二位是田納西州莫非斯堡一家小製造商的業務，他在蓋瑞鎮將車撞壞了。

現在我們坐在氣泡的前排座位，沿著伊利諾州的密西西比河岸向南奔馳，穿過一個烏黑的幽谷地帶，西面山勢險峻，陡坡上搭建了高聳的木屋，每棟皆有彩色玻璃和波蘭教堂式的尖塔。我讀著：

我們在黎明微光中向上攀登，但破曉許久後，頭上的天空仍緊閉著，有如墳墓，望去盡是烏雲。我們埋頭在恐怖的火山岩層上努力爬。

浪漫主義者坐在走道對面，優雅地癱坐著，一隻腳擱在金屬架上。他正在讀斯湯達爾的《帕爾馬修道院》。他的臉有稜有角，非常英俊，但頭太小，從那短大衣的巨領中探出來，讓他看來有點浪蕩輕浮。有兩件事我很好奇。他是如何坐的？那優雅是無意識的自然反應，還是有意識的裝模作樣？他是如何讀《帕爾馬修道院》的？是作爲一個在世之人，對書有種慾望，就像對桃子有食慾一樣，於是自然而然地拿起來讀；還是一個人發現自己不得不以某種方式去迎合這世界，於是刻意用可以接受的姿勢癱坐，在可以接受的巴士上讀可以接受的書？他是浪漫主義者嗎？

他確實是浪漫主義者。他的坐姿是頭一條線索：這集所有優雅癱坐之大成的姿態，實在美得太不真實了。爲打破沉默，他看了看我和我讀的書，害羞地抖動了一下身體向我致意。我主動幫他化解尷尬，走過去問他手上的書怎麼樣。有那麼十分之一秒，他打量著我，好確定我不是同性戀；不過他已經看過凱特跟我在一起，現在又看她躺在一旁熟睡，臀部凹翹有致。（我觀察到除了南部和西部某些特定區域以外，現在一個年輕男性要毫無戒心地跟其他陌生男性說話，已經不可能了，尤其是跟手上還拿著本書的男人。）至於我，已經從他的羞怯中確認過了，那是純粹異性戀的羞怯。他不是同性戀，只不過是個浪漫主義者。他闔上書，用力盯著手中書本，彷彿光憑凝視的力量，就能將文字中的靈魂抽取出來。「很……不錯。」他終於吐出字句，臉也紅了。可憐的傢伙，他開始受折磨了，這是浪漫在他身上玩的卑劣把戲：讓他珍視的東西可望而不可及。他珍視的就是這種萍水相逢，跟偶然的朋友在偶然的巴士上偶遇；一個他能挖心掏肺，渲洩內心某些渴望的朋友。現在如此的朋友就在眼前，也就是我，巴士上罕有的因緣際會，也難怪他張口結舌說不出話。這種情況下問問題要直接明確。

他是北威斯康辛州一所小型大學的大四生，父親是學校的財務主任。他的家人非常以子女的教育程度爲榮，家中三個姐姐分別是博碩士，進入中年還在不斷累積學位（他用一種快速吟誦的方式說話，他認爲我們這罕有的相會就是要這樣說話才恰當，而當他找不到其它方式忠實傳達那味道，不得不使用像是「巴士」這類平凡的字眼時，就會特別加上引號，並做個鬼臉）。剛結束三學期制的第二學期，學分數已經足夠畢業，他立刻匆匆啓程前往紐奧良，要去採一陣子香蕉，或許還會加入商船隊。他緊張地笑著，全身緊繃，口舌呆滯。只是暫時，他說。他的打算其實是找個女孩，一位最脫俗罕見的美女，共同過起《波希米亞人》式的生活，圍坐在地上體驗心靈的交流。我對此心存疑慮。首先，他會搬石頭砸自己的腳，莽莽撞撞地冒進，然後用那令人窒息的沉默把女孩嚇個半死；他內心不顧一切渴望那個女孩，但在自己奇特的邏輯下，卻又不能擁有她。不然就是擁有了她，心思卻又飛到九霄雲外，最終他會逃到遠方小島，將船停泊在某個腐臭的港口，身子倚在船欄杆上，沉思著自己的孤寂。

事實上，對他已經沒有什麼好說的了。他人最多只能消滅一點他的壓力，那種浪漫想像的龐大壓力，然後放他清靜。他是個影迷，只是不看電影。

業務員就沒有這種問題。跟很多商人一樣，他比浪漫主義者更懂形而上學。比如，他送我一個產品樣本，簡單L型鋼經過冶煉和染藍，打造出的一把雙面刃。他將刀片放在手上平衡，掂了掂重量，測了測韌度。他的手很熟悉那刀片，自動展示著鋼鐵那形而上的美德。

「多謝了。」我說，收下那把溫暖的刀片。

「你知道該怎麼做嗎？」

「不知道。」

「走進辦公室（他將這配件賣給農具店），然後問裡面的人，他的切割機刀片多少錢。他會告訴你大概九塊半一對。然後你就把這往他桌上一丟說，只要三十五分，而且還弄不斷。」

「能切割什麼？」

「什麼都行。雜草、覆蓋物、豆子、大型樹苗，任何東西。什麼鬼玩意兒都一眨眼就不見了。」他兩手一拍，一隻手直向前揮。南方人對精良機械裝置都有特殊的敬意，因此我能感覺到這刀片背後充滿了故事，甚至帶有傳奇的色彩。無堅不摧、見神殺神的自吹自擂看似可笑，但等到某個奇形怪狀的新機器，揮著刀片橫衝直撞而來就有得瞧了。

我們坐在後座，業務員將腳翹在椅上，腳跟壓在身下，手臂環繞著膝蓋。他穿著黑鞋白襪，患有香港腳，不時用手指搔癢。他很喜歡談他的刀片與他在莫非斯堡的家庭，到聯合市的途中一路說個不停，而且沒有回問我任何問題，我也喜歡如此，因爲就算問了我也不知該說什麼。商人是我們唯一的形上學家，但問題是他們只能單向思考。業務員在聯合市下車時，一大堆關於三十五分錢刀片的事，在我腦袋中打轉，彷彿我已經在莫非斯堡住了一輩子。

運河街一片漆黑，幾乎空無一人。最後登場的科慕思遊行隊，他們蕩悠悠的花車和亮晃晃的火炬，都早已消失在皇家街另一頭。清潔人員將碎紙片和飾品掃進潮濕的街溝中，積疊成堆，冰冷的濛濛細雨散發著紙漿的酸味。只剩下幾個戴面具的人還在街上，步履蹣跚的大漢穿著渾身是鬚的衣服，科學怪人脖子上有箭穿過，幾個街頭混混手挽著手，東轉西繞，打打鬧鬧地回到貨車上。

凱特不爲所動，愣愣地出神。她站在街上四處張望，好似在一個陌生的城市下了車。我們決定走到羅耀拉大道取車。浪漫主義者站在我們前方一間女性內衣店的櫥窗前，是無腿的模型軀幹上套了黑色網褲的那種情趣商店。他注意到我們走近，想要避免打招呼的尷尬(畢竟我們要說什麼呢?要是找不到合適的字眼怎麼辦?)，於是快步離開，雙手深埋口袋中，稜角分明的小頭探出短大衣的巨領，來來回回擺盪著。

# 第五章

# 1

「我不是說自己有多瞭解你，是說經過這兩天完全摸不著頭緒後，我終於明白自己弄不懂的地方在哪裡了。這至少是朝正確的方向邁出了一步。這發現實在太過新奇，所以我過去會感到難以理解，你懂吧。我真的相信你在太陽底下發現了新鮮事。」

週三早上，姑媽以少有且不祥的客觀口吻對我說話。儘管懷有強烈情緒，她還是找到了掌控的力量。於是現在，她因戰勝情緒而洋洋得意，開始容許自己說話帶點老式的客套，甚至一點幽默。唯一洩露出威脅性的是她眼裡的笑意，有點太過勉強、太過刻意。

「你能不能證實一下我的假設？這是不是你的發現？首先，這樣說沒錯吧，歷史上所有的人，發現自己陷入困境時，都會表現出某些熟悉的行為，不管那是好或壞，勇敢或懦弱；不管表現是傑出或平庸，光榮或丟臉。那些行為我們都能辨識，展現了勇氣、憐憫、恐懼、羞愧、快樂、悲傷，諸如此類。不管怎麼說，這些都是人類兩三千年累積而來的經驗，不對嗎？你的發現，就我所知，是有個沒人想到過的選擇存在。那就是當一個人發現自己處在危急存亡的關頭，其實可以不需要那些傳統的回應。根本不用，只要簡單地不作為就好了。棄權。隨你高興，聳聳肩，掉個頭，直接離開。下台鞠躬。畢竟為什麼一個人的行為非得要像個人呢？跟所有偉大的發現一樣，就是這麼驚人的簡單。」她露出一種法律人的促狹笑容，讓我想起安西法官。

這屋子今早沒什麼不同。同樣由馬達、吸塵器、洗碗機、洗衣機組成的合唱團，在此起彼落地嗡嗡作響。貝西科依微弱的喊叫聲，從樓上沿屋後樓梯井回盪而下，那聲音就跟屋簷下的麻雀一般親切而聒噪。朱勒姑父也一如往常，除了我穿過門廊的時候，他有點尷尬地讓出了很大的空間，並簡短又帶憂傷地道早安，彷彿他最大程度的責難，都隱含在這短促的招呼聲裡。四處都見不著凱特。十點以前，我知道姑媽都會在書桌前「記帳」。我沒別的事可做，只能直接進去找她，稍息站好，直到她注意到我。現在她抬起了頭，英氣勃勃有如黑王子*。

「怎樣？」

「很抱歉因為一些誤會，或是我的疏忽，沒讓你知道凱特要跟我一起去芝加哥。毫無疑問是我有欠考慮。無論如何，我很抱歉，希望你的怒氣……」

「怒氣？你搞錯了，我沒有生氣，而是有所發現。」

「發現什麼？」

「發現曾經寄予很大希望的人突然不在了。就像靠在一個看似強壯有力的肩膀上，卻感覺那肩膀其實

---

* 指黑王子艾德華，英法百年戰爭時期，著名的英國指揮官

軟弱無力。」

我們倆都低頭望著拆信刀，那是她從墨水瓶架上，戴著頭盔的人像手中取下的一把軟鐵劍。

「我很抱歉。」

「你對我來說變得像個陌生人或許是我的錯。我沒有早點看出來實在太蠢了。現在我真的相信你沒有能力對任何人付出關心，不管是凱特、朱勒、或是我。你比起街上那個黑人好不到哪裡去，甚至根本還比不上，因爲我有預感，他和我至少還能發現一些共同的小傳統。」她似乎剛剛才注意到刀子的尖端被弄彎了。「我實在不相信你和凱特要離開的事，你有想過要讓我們知道，即便你知道她病得有多嚴重。我真的不相信你曾想過，帶那可憐的孩子走這麼一趟荒唐的旅程，是在濫用我們神聖的託付，也是背叛了她對你的信任和情感。你說呢？」我沒回應時她總是會問。

我盡所能表現出她希望的樣子，也就是即使犯錯，也要正確合理地表現出犯了錯的態度。但我想不出該說些什麼。

「你知不知道我會有什麼感覺，凱特意圖自殺還不到十二小時，人就一聲不響消失了？」

我們看著那把劍，姑媽讓它從食指上滑落，噠噠敲在桌子的銅合葉上。然後幾乎嚇了我一跳，姑媽冷不防將劍插回鞘裡，手在桌上一攤。她將手翻過來，彎起手指研究指甲，上面深刻著一條條縱向紋路。

「你跟凱特親嗎？」

「親？」

「對。」

「不太親。」

「我再問一次，你跟她親嗎？」

「大概吧，不過親這個字眼不太合適。」

「大概？親這個字不太合適？那不知道什麼字眼才合適喔。」她帶著一種幽默的口吻說，「我私下還有另一個假設。這麼多年來，我一直認爲詞彙在我們之間很少有相同的意義。在某些人之間，上流人士之間，我不介意這麼稱呼，詞彙存在著共同的意義，能帶出特定的舉止、特定的風度，就跟呼吸一樣自然。在人生中重要的時刻，像是成功、失敗、婚姻、死亡，我們這類人總是對該表現的行爲舉止具備天生的直覺，一種渾然天成的敬意跟風度，不是我在自誇，不管做到什麼或沒做到什麼，我們永遠都不會失去這一點。我要跟你告解，我不會羞於用『階級』這個詞。我也要對另一項指控認罪，那就是我們這個階級的人自認爲比其他人高尚。說對了，我們還真是比較高尚。那是因爲我們不會逃避對自己或對他人的義務，我們不會哀哀叫，不會組織少數團體去勒索政府，不會爲了討好庸才就說平凡有多了不起。噢，現在我們到處聽見一堆阿諛奉承的話，說什麼普通人有多偉大。你知道嗎，我一直覺得人們非常滿意這種稱呼，因爲他們正是如此，就是普通人，而當我說普通的時候，指的是死活沒兩樣的普通。我們的文明勉強稱得上是高度發展，而將被留存在記憶中的不是科技，甚至不是戰爭，而是這新奇的時代精神。我們是歷史上唯一把平庸奉爲民族典範的文明。其他文明都腐化了，不過最平凡的腐化就由我們來創造。沒有酒池肉林，沒有血流成河，沒有將嬰兒拋下懸崖，都沒有，我們是情感豐富的人，而且很容易恐慌。沒錯，我們的道德敗壞，我們的民族性臭氣沖天，但我們比誰都好心。只要打動了我們的心，就連娼妓我們都會立刻寄予同情。竊盜、淫亂、詐騙、通姦，都不是新鮮事了，新鮮的是在我們這時代，騙子小偷妓女姦夫淫婦也希望被推崇，而大眾也推崇他們，只要他們的懺悔出自真心，或讓人感覺夠可信、夠真誠就行了。我們是很真誠啊，我不否認。我不知道當今還有誰不是真誠的。迪迪洛威爾是我認識最真誠的人，她每次跟別人爬上床，都帶著最真誠的心。我們是最真誠的冷漠之徒，等著被沖進歷史的排水口。不，年輕人，我一點都不羞於用『階級』這個詞。外面的人說我們自以爲高尚，說得還真沒錯，我們是高尚，而且別以爲他們心裡不知道……」她舉起劍指向普利塔尼亞街，「我告訴你一件事，如果外面那些人就是人類過去三千年來進步的展現，那我只能說，我不在乎從世界舞台上淡出。或許我們是生物學上的突變，我不確定，但我確定一件事：我們依此信念爲生，也要抱此信念入土，不管上頭掌管一切的是哪個神，我們都會毫無愧色地直視祂們。」姑媽現在轉過身面對我，口氣還算溫和，「我對你仁至義盡了，孩子，對你付出了一切。我最大希望就是能將我們家族男性的遺產傳承給你，某種精神特質，開朗、責任感、舉重若輕的高雅、和顏悅色、對女性的溫柔，這些都是南方僅有的美德，也是人生真正重要的美德。好吧，算了，不過還是請你告訴我一件事。我知道你不是個壞孩子——我倒希望你是——但怎麼會這些全都對你毫無意義呢？很顯然是沒有。麻煩你告訴我，我真的很好奇。」

我無法將目光從那把劍上移開。幾年前我想撬開一個抽屜時弄彎了劍尖。姑媽同樣看著劍，她起疑心了嗎？

「我很難回答。你說你講的話沒一句對我有意義，並非如此。正好相反，我從沒忘記你說過的任何一句話。事實上，我無時無刻不放在心裡思索。我的異議，精確地說並非異議，總之是無法用一般方式表達的。老實說，我完全無法表達。」

「我明白了。你會寬恕自己對凱特的行爲嗎？」

「寬恕？」寬恕。我瞇起一隻眼睛。「大概不會吧。」

「大概不會。」姑媽以法律人的嘲諷態度，嚴肅地點了點頭，幾乎帶有同意的味道。「你知道凱特有自殺傾向吧？」

「不知道。」

「要是凱特自殺了你會在乎嗎？」

「會。」

長久的沉默之後她問：「你沒什麼話要說了嗎？」

我搖搖頭。

莫瑟開門探頭進來，帶進一股新鮮空氣，又立刻把頭縮了回去。

「那告訴我一件事。對，老實告訴我！」姑媽興奮地說，彷彿終於摸索到事情的核心。「說吧，我只想知道這件事。假設我們倆有種共識，那就是你會照顧好凱特，或許我的假設是錯的，但我知道凱特吃藥這事你是知情的，沒錯吧？」

「沒錯。」

「你知道她在最近這趟旅途中有吃藥嗎？」

「知道。」

「而你袖手旁觀？」

「對。」

「你要說的就只有這樣？」

我默不作聲。莫瑟啓動打蠟機，他剛剛就是來徵求許可。我沒有特別想些什麼。外頭街上傳來一陣呼喊，姑媽先前提的那個黑人走進了我的視線。那是柯沙德，碩果僅存的掃煙囪工人，是個古怪的深藍色黑人，穿件禮服大衣，頭戴凹陷的大禮帽，肩上扛著一捆棕櫚葉和麥梗掃帚。呼喊聲再度傳來。「包通煙囪喔！*」

「爲了滿足我無聊的好奇心，最後一個問題。這些年來我們一起聽音樂，讀柏拉圖《克里托》，彼此高談闊論真善美——還是只有我一個人在說——老天，我記不得了。總之這些時候，你腦袋裡都在想些什麼？」

又一聲叫喊，然後「煙囪工人」就遠去了。我無話可說。

「你不熱愛這些事物嗎？你不是爲這些而活嗎？」

「不。」

「那你熱愛什麼？爲什麼而活？」

我沉默。

「跟我說我哪裡讓你失望了。」

「你沒有。」

「你覺得人生的目的是什麼，就是天天去看電影還有跟眼前每個女孩調情嗎？」

「不是。」

一本帳簿攤開在她桌上，是封面有大理石紋路的老式帳簿。她總是用這記錄威爾斯醫師遺留給她的土

＊ 此句原書為法文

地、雜貨店兼加油站、加拿大礦產、及專利權——這是醫生特有的增值資產。「好吧。」她迅速地闔上本子，抬頭對我微笑，那微笑更勝於以往，表明了談話結束。她伸手讓我攙扶，頭偏向一邊，一副參加宴會時的老作風。但她不呼喚我的名字，這改變了我的身分，於是剛剛跟她談話的可以是任何一個陌生人，譬如說一個跟她在大廳不期而遇的春遊旅客。

我們經過莫瑟身旁，他畢恭畢敬靠著牆站，咕噥了一聲招呼，這是精確盤算後的結果，既表達了對我的欣賞，同時也宣告對我姑媽的擁戴。我從眼角餘光看到他敏捷地跳進餐廳，渾身精力充沛。我們最後在門廊停下腳步。

「非常感謝你抽空過來。」姑媽說，手指撥弄著項鍊，目光越過我落在鄰家宅邸。

凱特在街角叫住我。她探身到車裡，邊收攏著短上衣，像個女服務生般生氣勃勃。

「你真是笨笨笨啊。」她帶著惡毒的眼神說。

「什麼？」

「我全都聽見了，你這可憐的大笨蛋。」然後，她似乎渾然忘我，指甲快速地敲著擋風玻璃。「你現在要回家嗎？」

「對。」

「在那裡等我。」

## 2

今天烏雲密佈。慾望以及從謝夫萝特起火沼澤吹來的東風，斷斷續續刮過香緹利。

今天是我三十歲生日，我坐在學校操場的搖浪台上，等著凱特，腦袋一片空白。我在地球上的黑暗旅途邁進第三十一年，所知比過去任何時候還要更少，只學會了一眼就能辨認出屎，從我父親身上也只遺傳到能聞出屎的好鼻子，任何種類的糞便都行，這是我唯一的才華。每一個角落都聞得到屎，我們其實正生活在屎的世紀，科學人文主義的大糞坑，一切需求都被滿足，每個人都變得面貌模糊，個個都是熱忱又有創造力的人，像糞金龜一樣活蹦亂跳，其中百分之百是人道主義者，百分之九十八相信上帝，而所有人都死、死、死了；失落感已如原子塵般瀰漫，人們真正害怕的不是原子彈落下，而是原子彈不落下——在我三十歲這天，我一無所知，而且無事可做，只能淪爲慾望的獵物。

除了慾望，什麼都不剩了，慾望就像西北風沿樂園道呼嘯而來。我的追尋已被拋棄，無法跟我姑媽抗衡，不敵她的正當和她的絕望，她對我的絕望和她對自己的絕望。每次跟姑媽的深談結束後，我都得去找個女孩。在搖浪台上等了凱特五十分鐘後，我難以自制了。她發生了什麼事？她跟我姑媽談過話，還把我趕了出來。無事可做，只能打電話到辦公室找莎朗。鋁和玻璃搭建的電話亭，立在樂園道的三不管地帶，就在喧囂的公共區域中間。亭子外表光鮮亮麗，但裡面令人掩鼻。我慢慢轉著身，用鉛筆寫些短詩，或描著孤獨戀人的悲傷漫畫。電話線一陣抖動，然後靜止，又再抖動，其間耳中傳來我自己的呼吸聲，彷彿另一個自我就站在身旁，一言不發。電話沒人接聽，她離開了嗎？

幾個小孩走進對街的操場，兩個大男孩帶著他們坐搖浪台。通常年紀小的孩子只會坐旋轉平台，比較接近地面，而且繞著固定軌道旋轉。

我得找到她，羅利。現在可以肯定，姑媽說得沒錯，凱特也很清楚，而我所有的只剩下莎朗了。東風呼呼吹過電話亭的屋簷，不斷將玻璃向內擠壓。我打到她的公寓，她出門了，但喬伊絲在，那個窗邊的喬伊絲，那個穿著皮夾克，嘴唇無聲說著「你這下流胚子」的喬伊絲。

「喬伊絲，我是傑克波林。」老維吉尼亞腔的聲音說道。

「喲噢，是你啊。」

「莎朗在嗎？」

「她跟她媽啊還有史丹出去了。」喬伊絲說話有種中西部的尾音，所以會說「媽啊」「喲噢」。「我不知道她啊什麼時候會回來。」她聽起來像《派伯楊一家》*的妹妹。

「史丹是誰？」

* 美國廣播年代著名的廣播連續劇

「史丹夏蒙，她的未婚夫。」

「對喔，是他。」對什麼？她不止離開，還要嫁給一個花心蘿蔔。「你呢？你也要結婚了嗎？」

「這什麼問題？」

「我想見你有好一陣子了。」

「我剛想到呀一件事。」

「什麼事？」

「失序之王昨天君臨……」

「誰？」她是想說某個複雜的中西部笑話嗎？我像個瘋子般傻笑，死命抓著話筒。

喬伊絲持續用淘氣的口吻說著失序之王和一個普渡大學的傢伙，說如果世上真有惡魔非那傢伙莫屬。操場上，那兩個大男孩已經讓搖浪台飛快地轉了起來，他們一起跳上去，並在台子伏低時踢地維持速度。咿——嘎！咿——嘎！缺乏潤滑的托座在杆子上作響，襯著朦朧的孩童嬉鬧聲。他們抱住鐵枝架，頭向後仰，看著這團團轉的世界。

「喬伊絲，不知道我能不能對你坦白。」我的聲音傳進自己耳裡，我自己沉默下來。

「請吧，我喜歡坦白的人。」

「我就覺得你是這種人……」是老南軍馬龍白蘭度（Marlon Brando）的聲音——尖細諂媚，充滿暗示和挑逗，最重要的是聲音中有股自得。真讓人震驚，竟會說出這種聲音，聲音還不斷繼續，「……我知道有些人或許會覺得這有點超乎尋常，但我還是要說。我知道你不記得了，但我上星期六見過你……」實在聽不下去了。

「我記得！」

搖浪台不斷旋轉，發出尖銳刺耳的聲音，宛如舞劇《彼得洛希卡》的音樂，咿——嘎——咿——嘎。現在台子劇烈起伏擺盪，內部支架撞擊著主杆，然後又猛烈彈開，幅度到了誇張的地步，孩子們都死命抱著鐵架不敢放。

「我只是回來吃中飯，」喬伊絲說，「但你禮拜六晚上要不要過來？幾個年輕人都會在，或許啊我們可以一起去佩特歐布萊恩家。」喬伊絲讓自己像個大女孩，同屬於年輕人，隨時準備狂歡作樂。

「給我個確定的答覆。」

一絲稀薄的陽光打破謝夫夢特的煙霧，將天空轉為黃色。樂園道宛如裝硫磺的盆子閃耀著黃光，學校操場看起來好像獨自熬過了世界末日。我終於看到了凱特的身影，她堅固的小普利茅斯小心翼翼開進了我的公車站。她像個轟炸機飛行員坐在車裡，靠著方向盤，目光轉向側面的小孩，卻什麼也沒看。她就跟我一樣，雙眼黯淡，不知身在何方。

有沒有可能——長久以來，我一直暗地裡希望世界末日到來，並相信凱特、我姑媽、山姆葉格、和其他許多人，這些倖存者只有在末日之後，才能爬出洞穴，發現他們真正的自我，然後像孩童般快樂地生活在爬滿藤蔓的廢墟間。有沒有可能——一切還不算太遲？

搖浪台發出咿——嘎聲繼續轉動，支架在金色光線中閃耀，裙狀的台子來回擺動，像個在跳舞的年輕女孩。

「我非常樂意，喬伊絲。可以帶我的未婚妻去嗎？她叫凱特卡特洛。我想介紹給你跟莎朗認識。」

「還用說，當然行。」喬伊絲回答時，以特有的中西部腔調模仿著她的室友莎朗，而且老實說，語氣聽起來鬆了一口氣。

操場現在空無一人。我發現學校已經關閉淨空。車輛在樂園道嘶嘶往來，藍檻鳥在樟樹上高聲奚落。不時有人出現在學校大門邊，但他們皆走向隔壁的教堂。一開始我以為有婚禮或喪禮，但人三三兩兩的離開，又來了更多人。之後，一對年輕人沿人行道從容漫步而來，我看見他們髮根的污跡才想起，對啊，今天是聖灰星期三。莎朗並沒有離開我，所有卡特洛證券的分行在聖灰星期三都不營業。

我們坐在凱特的車裡，一輛一九五一年的普利茅斯，不管凱特情況如何起起落落，她一直很忠實地愛護這輛車。這是輛高挑的灰色雙門轎車，跑的時候排氣聲很小。她駕駛時，頭壓低，雙手對稱地置於方向盤上，手臂上蒼白的皮肉微微顫抖，她的必備器材——蓆墊、抽取式面紙、磁性煙灰缸——全都安放在伸手可及之處。顯而易見，這輛輕便堅固的小車已經逐漸被車主轉化，直到每一顆螺絲都完全屬於她爲止。當車煥然一新離開保養廠的時候，窄輪胎仍漆黑潮濕，車軸上的潤滑油似乎都不只是普通的劣質品，而是琥珀色的瓊漿。

「你爲何不跟她說我們的計畫？」凱特仍握著方向盤，目光掃視著街上，「我在書房每個字都聽得清清楚楚，你這白癡。」

凱特很高興，她確信我成功做到了崇高的堅忍自制，就像雜誌上的英雄。

「你跟她說了？」我問。

「我跟她說我們要結婚。」

「我們有嗎？」

「有。」

「她對這怎麼說？」

「她沒說，只希望你下午能去見她。」

「反正我本來就得去。」

「爲什麼？」

「我一週前承諾過，會去跟她說我打算做什麼。」

「你打算做什麼？」

我聳聳肩。我能做的事只有一件：傾聽他人，看他們如何讓自己在這世界安身，跟他們在漫長黑暗的旅途中互相扶持，而一切都出於充分且自私的原因。尚待決定的只剩下在一間加油站實踐這職志，是否是最好的選擇，還是……

「你要去醫學院嗎？」

「如果她希望我去的話。」

「那是不是意味你現在不能娶我？」

「不是，你有足夠的錢。」

「那我們先把話說清楚。」

「好。」

「我不知道自己能不能辦到。」

「這我明白。」

「這樣做似乎極為瘋狂。」

「對。」

「我們最好速戰速決。」

「好。」

「我好害怕。」

凱特用食指摸索著相鄰的拇指，摩娑如羽毛般翹起的指皮尖端。有輛新的鮮紅色水星停在我們後方，一名黑人下車走進教堂。光說體面還不足以形容，他比你所能相信的還要更中產階級：他那拳擊手阿奇摩爾（Archie Moore）的鬍髭，轉身的方式，發現我們在看他，還機警地抬頭望向天空；他更從後口袋掏出手帕，惹得西裝外套後擺一陣擾動，然後用不可思議的溫柔姿勢擤了擤鼻子（明白了吧，我來過這裡，一切不過是例行公事）。

「如果能確定你知道我有多害怕，會有很大的幫助。」

「你不用懷疑。」

「不只是結婚。今天下午我想抽根煙，但光想到要去雜貨店就讓我渾身打顫。」

我不發一語。

「獨自一人時我感到害怕，在人群中我也害怕，我唯一不害怕的時候就是跟你在一起。你將來得時常陪著我。」

「我會的。」

「你想嗎？」

想。」

「我將接受治療很長一段時間。」

「我知道。」

「而且我不確定自己會改變。真的改變。」

「你有可能會。」

「但我似乎看到了一條路。如果我們經常在一起，你能告訴我一些最簡單的事，不要取笑我——拜託千萬不要笑我——跟我說些像是：『凱特，到藥局去一趟，不會有事的。』之類的話，然後給我一個吻，那我就會相信你。你會這樣做嗎？」她嚴肅地說，那嚴肅並不是很純粹，而是稍微帶點莎拉勞倫斯學院的味道。

「好，我會。」

她開始認真剝著大拇指上的小碎皮，我接過她的手，親吻滲出的血絲。

「但你得試著不要再傷害自己了。」

「我會努力！真的！」

那個黑人已經出來了。他的前額斑駁，有個模糊的黃褐色印子，難以確定他有沒有受聖灰禮。他坐上車之後並沒有馬上離開，而是低頭看著鄰座的什麼東西。案例報告？還是保險手冊？我從後視鏡仔細觀察他，無從得知他來這裡是爲了什麼。是爲了功成名就這複雜的志業，來尋找機會?還是因爲他相信上帝本人會在這樂園道和善童街的街角現身?或兩者皆是他來此的原因：由於模糊難測、眩目惑人的神啓引導，來到這裡尋求兩者其中之一，並在上帝強加於人的恩典下，額外獲得了另一項滿足。

無從得知。

# 尾聲

於是，如同詩人所言，我邁向天堂的第三十年結束了。

六月，凱特和我結了婚。我比預期更快結束在香緹利的工作，陪姑媽去了一趟北卡羅萊納州。這都要歸功於莎朗，現在成了史丹利夏蒙太太，她已經能幹到可以單獨處理比較和緩的夏天業務了，至少到接替我的人出現爲止。八月，沙塔拉瑪希亞先生用兩萬五千美金買下我的獵鴨俱樂部。九月醫學院開學時，凱特在她繼母家附近找了間房子，是那種盒狀狹長小屋，被我表姊奈兒洛威爾重新翻修過，許多地方很合凱特的喜好，如通往廚房的百葉門、炭灰色的百葉窗、以及露台上的聖方濟鉛像。

姑媽變得很喜歡我。一旦她接受了自己這些年來不斷說的話，那就是波林家族已衰敗沒落，我不是她心目中的英雄，而是一個非常平凡的人，我們就能相安無事。兩個女人都發現我很搞笑，在我不計形象之下，兩人都笑口常開。

隔年的嘉年華日早上，朱勒姑父在波士頓俱樂部第二次心臟病發作，不久因此過世。

接下來的五月，過完十五歲生日沒幾天，我同母異父的弟弟羅尼史密斯死於嚴重病毒感染，不過從未確診出是哪種病毒。

至於我的追尋，對此我無意多談。首先，如同偉大的丹麥哲學家斷言，論及這種事，說教是唯一正當的方式。其次，就算要說教我也做不到，因爲我的時代晚於他，要教化他人或做任何事都太遲了，只能在機會來臨時，在正確的地方插上一腳——要是教訓能真能跟教化有所區分的話。

再者，我畢竟是我媽家族的一員，所以自然會迴避有關宗教的議題（宗教，這本就是個奇特的詞彙，對之必須抱以懷疑的態度）。

緘默在這種篇章中很難有一席之地，因此該是時候做個結束了。

羅尼死前一天，凱特臨時起意想去探望他。通常我會到莫爾的診所接她，在姑媽家把她放下，然後開車前往市中心，到朱勒姑父的辦公室替姑媽處理些瑣事。但今天我們只需要從莫爾的診所穿過一條街到圖羅醫院。

我對凱特的念頭有疑慮，這是過分婦人之仁的一時興起，我私下稱之爲白費功夫，或多此一舉。像是她有次興沖沖飛去達拉斯聽瑪莉安安德森（Marian Anderson）演唱，她覺得這像是一個人該做的事。我不是指她會在意做什麼事比較時髦，並非如此，只是覺得這事聽起來不錯，如果是某種某種人在某種情況下就會去做，所以她就去了。另外，羅尼發病之後她就沒見過他，儘管我試著幫她做好心理準備，她還是難以接受羅尼的變化。

事後在街上，她踉踉蹌蹌走在我前頭，嘴巴咬著指關節，眼眶含淚。

「我的天啊，太可怕了。」

「我不該讓你去的。」

「簡直像臉上挨了重擊。」

「是不好受。」

「那可憐的孩子，他瘦得可怕，全身發黃，像是集中營裡躺在平板車上的那些傷患。他爲什麼會這麼黃？」

「他得了肝炎。」

「你怎麼能這麼冷靜？你會變得跟醫學系學生一樣傲慢冷漠嗎？我最討厭那樣了！他快死了耶，賓克斯！」

「我知道。」

「他在你耳邊說了什麼？」

「他跟我說他克服了一項惡習。」

「什麼意思？」

「他還說你是個非常漂亮的女孩。」

「我心都碎了！」我們默默地走著。「還有他那可憐的父母。你有看到史密斯先生快步走出病房，在走廊像個鄉下人般大哭嗎？」

「有。」

「好可憐。」

她停下來擤鼻子，滿頭鐵灰色的頭髮凌亂分著邊，我吻了吻她頭皮上粗厚的白皮膚。「你今天非常漂亮。」過去一年她變胖了，肩膀像美洲豹般光亮。

凱特很反感，「拜託別這樣。」她摳著大拇指，「你有些地方很可怕。」

「我得去找孩子們。」今天早上羅尼病情惡化時，我媽得帶著所有孩子一起來，除了尙保羅。他們從八點開始一直坐在車裡。

戴海絲看到了我，漂亮的小臉蛋伸出車窗外。「羅尼怎麼樣了？」她晃著腦袋問。

「他病得很重。」

「他會死嗎？」戴海絲問，一副機伶聰明的女孩樣。

「會。」我朝後坐下看著他們，凱特在遠處對他們微笑。「但他不希望你們傷心，他要我吻吻你們，跟你們說他很愛你們。」

他們並不傷心。這是件非常嚴肅且不尋常的事，他們盯著我的眼睛，想方設法要延長這段談話，這個嚴肅對談、認真傾聽的遊戲。

「我們也愛他。」瑪蒂達哽咽地說。

「先吻我們！」克雷爾和多尼斯在後座喊道。

瑪蒂達在我脖子上啜泣，戴海絲精明地注視著我。「他受過塗油禮了嗎？」她像小蜜蜂嗡嗡低鳴似地問。

「受了。」

「很好。」

只有兩個女孩傷心，但她們暗自裡也很得意能碰上一樁悲劇。

多尼斯思索著，「賓克斯，」他開口，然後似乎又忘了要說什麼，「當天主在最後審判日讓我們復活時，羅尼還要坐輪椅嗎？還是會跟我們一樣？」

「他會跟你們一樣。」

「你是說他也能滑雪囉？」孩子們抬起頭，像老人般傾聽著。

「對。」

「好耶！」雙胞胎歡呼，但有點心不在焉，反而更注意他們自己的聲音。

「聽著，」我笑著對他們說，「要不要去奧杜邦公園做小火車？」

「要！要！」

「那等我一下，我馬上來。」

「賓克斯，我們也愛你！」多尼斯大聲喊，只爲了好玩，並將身子探出窗外，「你會來看我們嗎？」

「當然，現在安靜，我要跟凱特講話。」

凱特回頭看著車子，「你對他們真好。」

「謝謝。」

「怎麼了？」

「沒什麼，能幫我一個忙嗎？」

「什麼忙？」

「我一整天都會在這裡陪羅尼和孩子們。你可以幫我到市區的辦公室拿政府公債嗎？你媽又決定要保管在家裡。她認爲如果打仗，她的桌子會比金庫還安全。你可以跑一趟嗎？」

「一個人？」

「對，你可以搭電車沿聖查爾斯大道走，坐在窗邊看風景感覺會很好。」

「我不知道要怎麼跟辦公室的人說！」

「你不用說什麼，我會打電話給克勞斯特曼先生，他會交給你一個信封。你就照這樣做：搭上電車，在公共街下車，直接走進辦公室。克勞斯特曼先生會給你一個信封，你一個字都不用說。之後在同樣的地方搭電車，車會繼續開往運河街，然後折回聖查爾斯大道。」

「我身上沒有錢。」

「拿去。」

她打量著掌中的硬幣，「只有一個問題。我並不是害怕。」她看著穿出鐵籬笆的一朵梔子花，我摘了下來送給她。

「你真好。」凱特不自在地說，「告訴我……」

「什麼？」

「我在電車上的時候……你會想著我嗎？」

「會。」

「要是我做不到怎麼辦？」

「下車慢慢走回家。」

「我得確定一件事。」

「什麼事？」

「我要坐在面向湖區的窗邊，並將梔子花放在膝上？」

「沒錯。」

「而你也會想著那樣子的我？」

「沒錯。」

「再見。」

「再見。」

走了二十呎她轉過身。

「克勞斯特曼先生？」

「克勞斯特曼先生。」

我望著她將手上的梔子花貼著臉頰，慢慢走向聖查爾斯大道，直到弟妹們在身後大聲呼喚。

國家圖書館出版品預行編目資料

影迷 / 華克波西(Walker Percy)著；劉霽譯.
--初版. --臺北市：一人, 2009. 07
面；　公分
譯自：The moviegoer
ISBN 978-986-85413-0-6(平裝)

874.57　　98010861

影迷 The Moviegoer

作者　華克波西 Walker Percy
譯者　劉霽
編輯　劉霽
校訂　王金喵、邱瓊薇
封面設計　王金喵
發行人　劉霽
出版　一人出版社
地址：臺北市南京東路一段二十五號十樓之四
電話：(02)25372497
傳真：(02)25374409
網址：Alonepublishing.blogspot.com
信箱：Alonepublishing@gmail.com
二〇〇九年七月　初版
定價新台幣三００元